校閲ガール　トルネード

宮木あや子

角川文庫
21230

トルネード【英　tornado】【名詞】
①北アメリカ大陸の中南部地方で多く起こる大規模な竜巻。
②アフリカ西海岸で起こる雷雨性の突風。
③【料理】【仏　tournedos】牛のヒレ肉の部位名。トルヌードとも。

反体制のレモネード

四国某県の県庁所在都市にある、とある喫茶店。

老夫婦と孫娘が営むこの喫茶店は、いわゆる洋楽マニアの交流の場になっている。外回らない営業として社内では有名な私も足しげく通っているこの店は、喫茶店自体が音楽にちなんでいるわけではなく、老夫婦が音楽に詳しいわけでもない。孫娘に至っては、ただの娘である。

アニマたちの目的は、コーヒーをオシャレに提供するカフェには絶対に存在しないメニュー「クリームソーダ」と「レモネード」である。特段この二つが美味いわけではない。

今日も昼間から私は、授業に出ない大学軽音部の若者と音楽談義に花を咲かせている。

「クリームソーダって、こだわりのあるミクスチャーだとおもうんすよ。レゲエとメタルの融合を感じるんすよね」

「コーヒーフロートじゃダメなのか？」

「なんかジャズっぽいテクノって感じでシャレオツでいやですね。その点クリームソーダって根本的にダサいじゃないですか。その辺が」

「コーラフロートも充分ダサいぞ」

「ロックンロールにガールズポップ掛け合わせた感じでダメっす。アメリカンすぎる。客が太ってそうだし」

「ミクスチャージュースじゃだめなの？」

二人の会話を楽しそうに聞いていた娘が口を出す。黙れと思う。

「ダメだな。混ざりすぎだ」

「なんかジャマイカとフランスのハーフが東京とキューバのハーフと組んでフュージョンやってそう」

「全然わかんない」

「クリームソーダを最初からアイスとメロンソーダをかき混ぜて出さないだろ？　そういうことだ」

「そういうジュースあるよ？」

「そういうことじゃない」

ふと店主のほうを見ると、苦々しい顔をしている。エスプレッソか。

「ばあさん、追加で。レモネード。レモネードはパンクですよね？」

「だな。それはわかる。レモンスカッシュじゃなく、

料なんだかわからないが、強きに流されないこだわ

「ですよね？　レモネード

に アイス載せたらいいんじゃな

「料理するよ？」

娘は

校閲ガール トルネード もくじ

第一話
校閲ガールと恋のバカンス
前編

これまでの
「悦子の研修メモ」は、
既刊『校閲ガール』
『校閲ガール　ア・ラ・モード』を
読んでね！

悦子の研修メモ その13

【ゴールデンウィーク進行／シルバーウィーク進行／お盆進行／年末進行】大型連休および盆暮れ正月は印刷所が休みになる。通常月は該当日に入稿している雑誌などはその前に入稿しなければならないため、締め切りが通常よりも最大で九日早い。休みのあいだも作家は働いてるが、出版社の編集者は仕事にならないため休んでいることが多く、SNSにハワイの写真をUPしたりして作家が怒りに震えたりやる気をなくしたりするのがこの時期の風物詩。どうでもいいけど盆暮れとボンゴレって似てる。

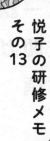

夜半まで降っていた雨があがり、弁慶橋から見える外濠《そとぼり》の石垣に規則正しく植えられた桜の木は、その花弁を静かな苔色《こけいろ》の水面に散らしていた。薄青い晴天の下、水気を含んだ春霞《はるがすみ》は東京の街の刺々《とげとげ》しさを淡く丸くぼやかす。道をゆき交う車の走行音は、この季節に新たな人生を歩み始めた若人《わこうど》たちの逸《はや》る鼓動のようだ。

「……むっしゅ！」

うららかな春霞（おもに花粉）に柔かく煙《けぶ》る紀尾井町、会社への道のりを歩いていた河野悦子《こうのえつこ》は立体マスクの下で飛び散った鼻水を勢いよく啜《すす》りあげ、朦朧《もうろう》としながら景凡社社屋のロビーに入った。ごうごうと空気清浄機の音が天井に響いている。よし、ここなら安全だ、もう啜りあげるにも限界だ、と悦子は鞄からティッシュを取り出し、マスクをずらすと音を立てて洟《はな》をかんだ。目もかゆくてたまらないが、念入りにカールさせたまつ毛にたっぷり載せたマスカラが崩れるのは絶対に避けたいから、意地でも目は擦《こす》れない。お洒落《しゃれ》は我慢、美は己との戦いである。

「おはようございまーす。うわー河野さんブサイクー。地蔵みたい」

既に受付カウンターの中に座っていた受付嬢の今井《いまい》セシル（日本人）が、華やかな笑顔と共にひどいことを言う。

「……花粉症がこんだにつらいとおぼわなかった……。東京、恐ろしい場所……」

「え、今年デビューですか？」

「うん……ていうかおとといから」

カワイソー、と、可哀想《かわいそう》感ゼロの朗らかな声で今井は言い、対して悦子は怒る気にもならずエレベーターホールへ向かった。

デビューという言葉にもいろいろ種類がある。高校デビューとか大学デビューとか社会人デビューとか。勤めている会社が出版社という事実から「作家デビュー」とか「モデルデビュー」とかが一番身近に存在するデビューなのだろうが、悦子は入社三年目にしてやっと果たしたデビューが花粉症デビューだった。高校デビューとか社会人デビューとかキラキラした行事は、ことごとく逃した気がしてならない。いつだか飲んでいたとき今井に「いつデビュー？」と尋ねたら「私は生まれてから今まで毎日がデビューです」と返された。それが女子力なのかどうなのかぜんぜん判らないけど、何らかの強大な力の持ち主であることは確かだ。

「おはようございい、むっしゅ！　……んあー……」

「花粉症？」

部屋の中で背中合わせに座る、校閲部の先輩・米岡光男《よねおかみつお》が机の上から箱ティッシュを取り、悦子に差し出した。先輩の優しさに甘えて悦子は三回連続洟をかむ。そして目薬を差した。

「こど週末にいきなりだよ。東京はこんだに恐ろしいところだの？　東京の人たちはどうやってこど強敵と戦ってるど？」

「まずは情報収集して花粉要注意デーは念入りな対策をします。なお、花粉のひどい日というのは日本気象協会によれば、前日または当日の未明まで雨で、その後天気が急に回復して晴れ、南風が吹いて気温が高くなる日、です」

「ばさに本日ですで……」

「トマトを食べなさい、トマトを」

「トバトは高いんですよ……」

悦子はふたたび箱ティッシュから適当に数枚取り出し、赤ペンくらいの太さの硬いこよりを二本作ると左右の鼻の穴にぎゅうぎゅう詰めた。余ったティッシュがグロスを塗った唇に張り付く。それを見た米岡が珍しく大声をあげる。

「ちょっとあんた嫁入り前の女子がなんてことしてんのよ！」

「だって詰べとかだいと際限だく垂れてくるんだぼん」

別にこの部屋の中なら誰に見られようと関係ないし。悦子はぺっと音を立てて口の中に入ったティッシュを吐き出す。珍しくオネエ言葉全開だな、と思うよりも前に米岡がどこから出しているのかと思うような声で言い散らす。

「あんたには乙女の恥じらいってもんがないの⁉　お洋服は完璧でも女としてはぜんぜんダメね！」

「恥じらいでベシが食えるかこどやろう！　栓しとかだいと今日ドゲダガハダミズバビレディダるんだよ！」

「ハンカチーフで押さえなさいよ！　何言ってんのかぜんぜん判んないわよあんた！」

「ダカダゲダガハダビズバビレニ」

「そこのふたり朝っぱらからうるさいよ！　それからあなた！　そこのアフロの！

どちらさま!?」

悦子と米岡はエリンギ（校閲部の部長）の言葉に、彼の目線の向いたほうを振り返る。入り口のドア付近に、困ったような顔をして突っ立っているアフロの長身イケメン。二秒くらいののち、彼はぺこりと頭を下げ、

「いえ、すみません、なんでもないです」

と言って踵《きびす》を返した。悦子の頭の中は真っ白になる。

「ババババッて！　バって是永《これなが》さん！」

頭真っ白のまま思わず男を追いかける悦子の背中に「鼻栓外して！」という米岡の声が飛んできた。

こう-えつ【校閲】カウ―〘名〙スル　文書や原稿などの誤りや不備な点を調べ、検討し、訂正したり校正したりすること。「専門家の―を経る」「原稿を―する」

『大辞泉』より

ハンカチーフとか、そんな言葉を口に出す人を肉眼で初めて見た。ハンカチーフって。ーフって。たぶんあの人ティッシュのことを「ティシュー」って言うタイプだな。

——自分も花粉症なんです。つらいよね。

人気《ひとけ》のない階段の踊り場、鼻栓を外して鼻水流れ放題の悦子を見て是永は言った。そして肩にかけていたrag & boneのトートバッグから小さな包みを数個取り出し、悦子の手に握らせた。

——なんですか？

——甜茶《てんちゃ》のグミキャンディです。気休めにはなるかもしれないから、マズいけど食べてみて。

なんかこんな感じのやりとりどっかで読んだな、と頭の片隅で思いつつ、悦子の頭の大部分は絶望的な気持ちでいっぱいだった。二ヶ月前からほんのりとお付き合いをしているようなしていないような関係の是永是之《これゆき》（作家名）またの名を幸人——YUKITO（モデル名）に、両の鼻の穴にティッシュを詰めている姿を見られた。もし自分が彼にとって「付き合い始めの彼女」という位置づけだとしたら、彼氏的にドン引きだっただろう。いや、ほんとに付き合ってるのか？　付き合ってるのか私たち？　どっちだ？　ダメだ薬の副作用でぜんぜん頭が回らない。

「……花粉症の前には女子力さえも無力だ」

「なに格言みたいに言ってるんですか、ぜんぜん文学的じゃありませんよ」

昼休み、弁当屋の前に並んでいた同期入社の文芸編集者・藤岩《ふじいわ》は呆《あき》れ顔で言う。

「文学意識したわけじゃないし、花粉症の前には文学さえも無力よたぶん」

「薬飲んだらいいじゃないですか。社医んとこ行けば鼻炎の薬くれますよ」

「うん、さっきもらってだいぶ楽になったんだけど、こんどは頭が朦朧としてダメだ」

「仕事になるんですか？　ていうか是永さん、うちの部署には来てませんでしたけど何しに来てたんですか？」

「ファッション誌のほうの編集部に用事だって」

「へえー、新刊インタビューですかねえ。でも新刊出てないな」

出てない。そしてインタビューでもない。そこまで売れてないし。今日は景凡社の二十代男性向けファッション誌『Aaron《アーロン》』でモデルとして働くための編集部への顔見せで、所属するモデル事務所の人と来ていたそうだ。そして顔見せが終わったあと、悦子がいるかな、と思って校閲部を覗《のぞ》いてみた。そこには鼻にティッシュを詰めて米岡と言い争う悦子がいた。穴があったらなどという偶然に頼るのではなく、むしろ自ら穴を掘って頭からダイブしたい。

是永是之は作家になりたくて新人賞を獲《と》り、そのわけの判らない作風に一定のファンがついたのか作家として既に本を何冊か出版しているが、作家だけでは食っていけないため、今も副業で元々本業だったモデルの仕事をつづけている。モデルとしてもたいして売れてないので、アルバイトでカフェの厨房《ちゅうぼう》にも立っているそうだ。要するに本業がどれだか判らない状態である。

弁当をふたつ受け取って校閲部に戻った。先に弁当を受け取っていた藤岩はさっさと帰っている。彼女の、むやみに友情を築かない感じが徹底していていいなと思う。

「はい、コラーゲン弁当」

人気のない校閲部で珍しく昼休みも仕事をする米岡に弁当とおつりを差し出す。

「ありがと」

おつりの小銭から五十円を取り、米岡は「お駄賃」と言って悦子の手のひらに握らせた。

「やったー！　明日も買いに行くよ！」

「安い女ね」

「黙れハーフアンドハーフ」

「なによそれ」

「あんたのメンタリティ。一番しっくりくる言葉がそれだなって思ったの、昨日、ピザ食べてて」

米岡は怪訝《けげん》な顔をして悦子を見る。その顔を見て悦子は気づく。

「もしかして宅配ピザとか食べないご家庭の人？」

「うん、食べたことない。実家の庭に石窯《いしがま》あるからピザはよく焼くけど」

この育ちの良い坊ちゃん（なのかお嬢様なのか）が！　説明が面倒くさいので悦子はそこで「じゃあいいです」と会話を終わらせた。宅配ピザは意外と高いため、悦子もネットで半額クーポンが配布された日しか食べない。

昨年末までは文芸書の校閲を担当していた悦子は、年が明けてから週刊誌の校閲を担当している。今日は校了日ではないので雑誌校閲班には昼休みも仕事をしている人はいない。悦子はスリープ状態だったPCを開き、三百八十円の鮭《さけ》弁当を食べながら『Lassy』読者モデルたちのブログを確認する。二十代の女性向けファッション誌『Lassy』の編集者になりたくて景凡社に入社した悦子が配属されたのは何故か校閲部だったが、今でも毎回異動願いは出しつづけている。今年こそ受理されますように、と祈るような気持ちで悦子はキラキラした読者モデルたちのブログを読む。

衣食住の「衣」以外のものに悦子は興味がない。もっとお給料があがれば「食」や「住」にもお金をかけられるけど、今は「衣」だけで手いっぱいだ。

目を皿のようにして、衣食住すべてが充実している女たちの綴《つづ》る文字と、素敵な日常の一瞬が切り取られた写真を見ていたら、自分を呼ぶ声が聞こえた。顔をあげてそちらを見ると、同期の森尾登代子《もりおとよこ》がスマホ片手にこちらに向かって歩いてきていた。

「どうしたの？」

「今夜ヒマ？　ハクツーと合コンなんだけど、ひとり来られなくなっちゃって」

ごうこん。以前の悦子なら喜んで参加していたが、今は一応お付き合いしてるんだかしてないんだか状態の好きな人がいる。しかも花粉症がつらい。

「ねえ森尾ちゃん、この子どうにかしてやって」

悦子が黙っていたら、横から米岡が口を挟んできた。

「どうしたんですか？」

「鼻の穴にティシュー詰めてたの。しかもその姿をアフロの彼に見られたの、今朝」

やはり「ティシュー」か米岡。

「は？　え？　アフロ来てたんですか？　なんで鼻にティッシュ？」

何故そこで「ティシュー」に言及しないのだ森尾。

「花粉症になったんです、先週から」

「悦子いるー？」

「あー、つらいね。じゃあ無理か」

「うん、ごめん。ほかをあたって」

「残念だねー。『Lassy』の担当営業も来る予定だったんだけど」

「行きます、行きます、すみません行きます」

どんなに呆れた顔をされようと気にしない。自分でもこの燃え盛る『Lassy』愛はどうかしてると思うが、高校生のころから焦がれつづけた雑誌だ。手の届くところにいるのにどうしてもそこへ行けないもどかしさは、片思いの恋愛に似てると思う。

最大手広告代理店「ハクッー」の営業との合コンは必ず十二時前に終わる。彼らはそのあと帰社して仕事をするからだ。本当に、いつ寝てるんだろう。何事もなく恵比寿駅で森尾と別れ、収穫なかったな、でも収穫あっても今は困るなと思いながら一時前に家へたどり着いたら、テーブルの上に「えっちゃんへ　おすそわけ　加奈子」という汚い殴り書きのメモと、オレンジが五つ置いてあった。悦子は二階で着替えたあと、手を洗ってからみかんの要領でオレンジのへそに指を突っ込み、めりめりと皮を剝《む》いた。一人暮らしだとほとんど果物は食べない。ほとばしる柑橘《かんきつ》類の匂いに、なんだか懐かしい気持ちになる。ここは東京、一応二十三区。しかしなんだろうこの田舎の実家感。食べきれないし。

悦子が今住んでいる家は商店街の中にあり、元々は鯛焼き屋だった。店主の娘がサイパンへ嫁に行き、店主夫婦は宝くじが当たって信州に移住したという。住人のいなくなった、耐震など度外視したおんぼろの格安物件を悦子が借りているのだが、管理している不動産会社に勤める木崎加奈子《きざきかなこ》がわりと頻繁に家にやってきて、勝手に鯛焼きを焼いて売っているというわけのわからない居住環境である。家賃が安いおかげでお洋服にたくさんお金がかけられているのだが、どう考えても彼氏は家に呼べない。いちゃついてようとお構いなしに加奈子は家に入ってくるだろうし、そもそも家が狭すぎていちゃつくスペースがない。

石川五右衛門でももう少しマシな風呂で拷問を受けていたであろう小さな浴槽の中で、悦子は是永のことを考える。バレンタインデーのあとは一度だけ、ふたりでご飯を食べた。そのあと、一ヶ月後のホワイトデーにデートをした。ホワイトデーの夜、帰り際に手をつながれた。ドキドキしすぎて比喩じゃなく死ぬかと思った。「大人の恋愛」とか、都市伝説なんじゃないかと思う。今まで校閲してきた小説の中の話だと、男女はごく自然に恋に落ちてごく自然にベッドインしてたりするが、何がどうなってそうなったのか、具体的かつ詳細な行程を示してほしい。小説じゃなくてドラマでも、特にアメリカの若者が主人公の海外ドラマなんかは、出会いから接吻《せっぷん》、性交渉までの時空が歪《ゆが》んでいるとしか思えない。手をつないだあと、日本に住む普通の男女は何をするものなのだ、接吻か。接吻ってどうしたらできるんだ。遥か昔、初めて付き合った男とセックスしたときはどうしてたんだっけ。嗚呼《ああ》、ベッドまでの道程が複雑すぎて今、私は煩悩の森の中で迷子になっている。どうでもいいけど接吻とセックスってちょっと語感が似てる。違う国の言語なのに不思議だよなあ。

湯あたり寸前で風呂から出て、台所でビールを開けた。眠いのと花粉症とで頭がふらふらして、早々に缶の上部にラップをかけて輪ゴムで留め、冷蔵庫に戻した。花粉症、マジ恐ろしい。

翌日悦子は盛大に寝過ごした。あまりに寒くて押し入れに突っ込んであったダウンジャケットを着込み、会社に遅刻の連絡を入れたあとテレビを点けたら、天気予報で「六月並みの暖かさです」と言っている。おかしい、じゃあどうしてこんなに寒いのだ。骨の髄まで寒いのに。

「……そんなわけで、風邪でした」

一日会社を休んで次の日出社した悦子の報告に、何故か若干残念そうな顔をした米岡が尋ねる。

「目のかゆみは？」

「ハウスダストアレルギーでした」

「ちゃんと掃除しなさいよ」

「うん、週一回は掃除してるんだけど、畳が古いみたいで、ダニアースしてきた」

最近の処方薬は本当に効くな、と思いながら悦子は二日ぶん溜まったゲラを前に鉛筆を削る。くしゃみも鼻水も無縁の世界って素晴らしい。しかしあと一日早く判っていれば鼻にティッシュを詰めている姿を是永に見られずに済んだのにと思うと非常に口惜《くちお》しい。

「ああ、そういえば昨日、貝塚《かいづか》くんが河野っちのこと探してたよ」

「なんだろう？」

「ゴールデンウィークの予定がどうのとか言ってたけど」

「出社しませんから！　休みますから！」

サラリーマンの権利ですから！　しかし何も予定ありませんから！　頭の中で憤慨して我ながらどっと疲れ、『週刊 K-bon』のゲラをばらばらと見台《けんだい》に広げる。悦子が校閲を担当しているのは連載コラムや星占い、連載小説など、雑誌のわりと中ほどに掲載される緊急性のないものばかりだ。週刊誌の場合、外側に行けば行くほど時事ネタになる。これは、中綴じの雑誌は外側のほうを後に刷るため、記事の差し替えが利きやすいという事情らしく、K-bonだけでなく『週刊綴泉』や『週刊燐朝』などのほかの会社の週刊誌も同じ体裁だ。

二月までの連載小説は戦国時代を舞台にした武将の一代記で、校閲部に回す前に文芸編集部の編集者が著者に確認していたのか、あからさまな間違いなどは正した状態にしてくれていた。しかし三月からは違う作家のSF要素を含む恋愛ミステリー、貝塚曰《いわ》く「ディストピアもの」が始まった。これは文芸編集部の担当が貝塚だ。算用数字と漢数字の統一さえされていない汚い原稿がそのまま入稿されてゲラになる。漢字の変換ミスも多い。

「んもー」

この人、小説面白いのになんでこんなに生原稿が汚いのか。

森林木一《もりばやしきいち》、まだ文芸デビューから五年も経ってない若手の、元々は別名でライトノベルを書いていた作家である。プロフィール欄によれば八年のラノベ生活を経て一般文芸へ転向し、一般文芸デビュー三年目で丸川賞を獲っているそうだ。週刊誌連載はこれが初めて。

まだ始まって一ヶ月とちょっとだが、珍しく悦子はつづきを楽しみにしていた。一回の掲載はだいたい十六文字×三百五十〜四百五十行くらい（四百字詰め原稿用紙換算で十四〜十八枚程度）なので、話の進みは遅いはずなのに、気づくと面白く読んでしまっている。校閲者としてあまり望ましくないのだが、小説が面白いと思うことがあまりない悦子にとって、新鮮な発見だった。

しかしながら、初回から誤字脱字や単語の重複が多かった。

——一週間のうち、休みは二日ある。工場や食堂など、一ヶ所に人を集めて労働を行わせる施設などの場合は施設ごと、アパートの管理人やインフラ管理局、食度の女給や娯楽施設のキャストなどの場合はローテーションで休みが与えられられる。彼らが休日も充実した一日を過ごせるように、各地域には各種食堂がや娯楽施設がある。また、ＰＬＲ（Personal Life Recorder）と呼ばれる、国民ひとりひとりに支給されているウェアラブルデバイス経由での娯楽もたくさんある。しかし施設に足を運べば入場記録が残り、ＰＬＲ経由で映画を観たり何かを買ったりすれば、そちらにも記録が残る。外付けの記録媒体をつないでの映像や画像閲覧もそのデータは全てナショナルクラウドに吸い上げられるため同様の記録が残る。

違法プロダクトを手に入れた場合は、オフラインの媒体を用いるしかない。巨住む獣区居住の保安員からは隠せても、マザーネットサーバーのDBに合致しないコンテンツの持ち主は危険人物と見なされる。ミトセが「ほら」とこちらに掲げて見せたアンティークなプロジェクターは、通信ポートが物理的にえぐり取られていた。古い形だと一部の欠損が生じてもほかの機能は動くのだという――

「一ヶ所」の「ヶ」から線を延ばして「箇？（連載一回目）」と書き入れる。つづけて、二つ目の「など」には「トル？」、「食度」には「食堂？」、「女給」には「差別語・ママでよろしいですか」、「与えられられる」の「られ」には「トル」、「各種食堂がや」の「が」にも「トル」、「ひとりひとり」には「一人一人？（連載三回目）」、「全て」には「すべて？（多出・統一？）」と、悦子は書き込んでいく。「外付け～記録が残る。」の文は意味がとりづらいので、「画像閲覧も」のあとに「、」と読点を入れるか疑問出しする。「巨住む獣区居住」はおそらく「居住区？」、「サーバー」は「バ」のあとの音引《おんびき》（のばし棒）に「トル？（連載一回目）」、「形」はこの文脈だと「型？」……そもそも舞台が「地球が滅びたあと人類が移住した第二の地球」という設定だけど一週間は何日の設定なのか、週という概念はあるのか。

連載第一回からの用語統一表を取り出して比較しつつ、悦子は鉛筆で書き込んでゆく。連載小説の場合、作家自身が設定や登場人物の名前を忘れることもあるらしく、校閲漏れをしないよう悦子は一回目からの校了紙を保存し、人名や出てくる架空の場所や架空の小物類の名称の一覧表と一般的な語の統一表を作成していた。ナショナルクラウドってなんだろう。作家の頭の中って宇宙だよなあ。

連載小説や連載コラムは、K-bon の担当編集者に戻したあと、更に文芸編集部に担当者がいる場合はそちらのチェックも入るため、ほかより締め切りが早い。したがって、ほかのニュース記事などよりも一週間進行が進んでいる。今悦子が見ているゲラは、連載七回目用のものである。

……やっぱり。

連載三回目くらいに気づいた、ある一定の修正の法則が今回も存在していた。著者に戻すゲラではなく保存用のコピーに悦子は赤ペンで丸を付ける。

「……そんなに根詰めないとダメな感じの小説なの？」

これはどうするべきだろうか、貝塚に知らせるべきだろうかと、用語統一表と固有名詞の一覧表を机いっぱいに広げて見ていたら、横から米岡が声をかけてきた。

「あ、もうお昼か」

「忙しいならお弁当買ってこようか？」

「ううん、別に忙しくはない、お昼いく」

席を立ち、財布とスマホとティッシュの入った外出用トートを持って米岡と外に出た。行く先は徒歩三分くらいのところにあるいつものうどん屋だ。

「今のK-bonの連載小説って、森林木一でしょ。いいなあ。単行本化するときわたしが担当できるといいな」

スリランカカレーうどんを待っているあいだ、珍しく米岡がそんなことを言う。悦子が頼んだのはパキスタンカレーうどん。店主がアジア一周でもしてきたのか、ここ一年くらいでこのうどん屋のメニューがどんどんおかしなことになってきている。

「好きなの？」

「男性作家の中では断トツでイケメンなの。ラノベ書いてたころは顔出ししてなかったらしいんだけど、一般文芸だと賞獲ったら顔が出るでしょ。編集者たちのあいだでは信濃のプリンスって呼ばれてるの」

「その呼び名だと中村梅雀の顔しか出てこないんですが」

「最新シリーズのコロンボは寺脇康文ですから」

「マジで⁉　いつの間に⁉」

「情報が古いよ河野っち。常に最新情報にアンテナ張ってないとファッション誌の編集者にはなれないよ」

「二時間ドラマの最新キャスティング情報ってファッション誌に必要かなあ？」

うどんが運ばれてくる。従業員も最近は外国人で、注文以外の日本語が通じないため、どっちがスリランカでどっちがパキスタンなのか判らないままふたり向かいあってカレーうどんを食した。

「信濃のってことは、長野県の作家なの？」

「うん。売れても地元から出てこない作家だから、全国書店大賞のときなんか、長野県の書店総出で応援活動してるんだって」

「へー、そういう仕組みなんだ、あの賞」

悦子が興味を持ったと思ったのか、米岡は全国書店大賞がどんなものなのか概要を説明し始めたが、悦子はほとんど聞いていなかった。

「あのさあ、森林木一ってうちで本出したことある？　担当したことある？」

話を中断して悦子が訊くと、米岡は一瞬黙ったあとちょっとイヤな顔をした。

「なあに、またイケメンだからって興味持ったの？　言っとくけどイケメンて言ったって才能補正のかかった『作家の中ではイケメン』ってレベルだし、イケメン業界で生きてる是永さんと比べたら気の毒だからね？　週刊誌が書く『美人女流作家』の『美人』って言葉くらい信憑性《しんぴょう》ないからね？」

「いや、本人にはぜんぜん興味ないしコロンボでもプリンスでもどうでもいいんだけど、森林木一じゃなくてもいいや、小説って連載つづけてるとだんだん文章荒れてくるのが普通なの？」

「……担当、貝塚くんだっけ？　相変わらずオールスルーでK-bonに投げてるんだ？」

「うん」

米岡はうどんを飲み込んだあと、浅くため息をついた。そして言う。

「新入社員で結構優秀な子入ったみたいだから、いつまでもそんないい加減なことしてたら編集部から追い出されちゃうのに」

「そうなんだ、追い出されたら楽になるからこのままいい加減なことつづけて早々に追い出されてほしいわ」

いいことを聞いた。と思ったと同時に、貝塚が追い出されるのを待つよりも自分が校閲部を脱出することのほうが重要だと気づいた。いかん、なんだかだいぶ馴染んでしまっているが、私は本当はファッション誌に行きたいんだった。

うどんを食べ終え、社屋ビルに戻るとエントランスで「あっ」と米岡が小さく声をあげた。

「どうしたの？」

「あれが、文芸編集部に配属される予定の新人くん」

目線を辿《たど》る。エントランスの受付カウンターの横というか奥というか、そのあたりには小さな打ち合わせスペースがあり、誰か来客を待っているのであろう文芸の部長とその新人が話し込んでいた。

「まだ四月なのに配属先決まってるの？　今って研修期間じゃない？」

「竜ヶ峰春臣《たつがみねはるおみ》の孫なの」

悦子は記憶を辿り、それが誰なのかを思い出す。以前『Every』ですさまじくドロドロな不倫小説を連載していた、文芸界隈では文豪と呼ばれている作家だ。

「ロイヤルなコネかー」

「ロイヤルなコネよー。でも実力も伴ったコネなの。コネなのに入社試験ちゃんと受けて、満点近く叩き出したって。大学がイギリスで、専攻も文学で、ガイブンの部署復活させようとしてる濱野《はまの》さんが喜んでる」

大人びた外見の新人は、まだ入社して間もないというのにスーツが異常に板についていた。むしろ部長より大物感が漂っている。

「なんで詳しいの？　ああいうのも、タイプ？」

「わたしが好きなのは正宗《まさむね》くんだけですー。ゲイっぽい人が誰にでも発情すると思わないでちょうだい」

正宗くんって誰だっけ、と一瞬判らなかったが、印刷会社の爽やかイケメン営業がたしかそんな名前だった。年明け、彼女にプロポーズしたらＯＫもらえたと言って喜んでいたはずだ。異性愛者相手に不毛な恋だなあ、と思いつつ、悦子は米岡とエレベーターに乗った。


仕事を終えて家に戻ると加奈子が店先で鯛焼きを焼いていた。珍しく外のベンチに客がいた。アラサーくらいの綺麗な女性のふたり組で、場違いだなと思ってじろじろ見ていたら会釈され、慌てて悦子もぺこりと頭を下げる。

「えっちゃんおかえりー」

なんかもう慣れてしまったが、これもどうにかならんだろうか。東京二十三区なのに溢れ出る栃木の実家感。

「ねえそのジャンパー、すごい可愛いけどぜんぜんモテなそうだね」

流し台で手洗いうがいをしていたら、接客を終えて焼きあがった鯛焼きを皿に載せて加奈子が居間にやってくる。船橋の店には在庫がなくて、わざわざ横浜まで行って買った超可愛いストラディバリウスのボマージャケットも東京の下町では「モテなそう」の一言か。

「あ、でも彼氏モデルさんだから平気か」

「彼氏なのかなあ……？」

ごく自然に加奈子はダイニングテーブルの椅子に座り、鯛焼きを食べ始める。つられて悦子も向かいに座り、まだ熱い鯛焼きを手に取った。二ヶ月前に誰かが踏み抜いた床板は、彼女の勤める不動産屋持ちで修繕されていた。

「進展ないの？」

「ないの」

「もうすぐゴールデンウィークだよ。一緒にパリとか行けばいいじゃん。ファッション雑誌の人ってよくパリとか行ってんじゃん」

「それコレクションの時期ね。しかもパリに行けるのは編集長だけだから。副編集長はミラノでそれより下の人はニューヨークだから」

「じゃあマザー牧場とか行けば？　ソフトクリーム美味《おい》しいよ？」

「美味しいけどさあ……」

そういえばゴールデンウィークだった。出版社には「ゴールデンウィーク進行」という言葉があり、印刷所や取次などの取引先がぜんぶ休みに入ってしまうため出版社もそれに合わせて前倒しで締め切りが設定される。雑誌の森尾は鬼みたいな顔をしてデスクに向かっていた。

「ねえ加奈ちゃん、私から誘ってもいいと思う？　がっついてんなこの女とか思われて嫌われたりしないかな？」

「え、なに清楚《せいそ》系の女子みたいなこと言ってんの？　自分がそういうキャラだとでも思ってんの？」

たいへんなディスられようだが、言い返せなかった。

加奈子にキラキラした目で「今電話するの、思い立ったら今でしょ！」と詰め寄られ、悦子はスマホの充電が切れていることを理由に断ったのだが、加奈子にモバイル充電器を差し出され、しぶしぶ接続した。

「私、こないだ、かなりひどい状態の顔を見られてるのよ」

「大丈夫、だいたいの女子は化粧落としたら化け物だけど、えっちゃんは化粧しててもすっぴんでも大差ないから、お泊まりデートも問題ナッシング！」

「いや、今からホテルとか取れないでしょ、やっぱいいよ、やめとくよ」

「ごちゃごちゃ言わずにさっさと電話する！　あたしがかけてあげてもいいよ、ロック外すよ！」

「やーめーてー!!」

加奈子が奪ったスマホを悦子が奪い返した瞬間、端末が振動を始めた。画面を見て目を疑った。今まさに電話をかけるかかけないかで女子ふたりがキャーキャーしていた相手からの着信だった。

「やばいよ、えっちゃんこれってディスティニーだよ！」

デスティニーな、と発音を正す余裕もなかった。躊躇《ためら》ったらそのぶん緊張が増すと思い、悦子はえいやの勢いで通話ボタンを押す。

「……もしもし」

「あ、もしもし是永です、今お時間大丈夫ですか？」

「大丈夫です、あ、ちょっと待ってくださいね」

至近距離で加奈子が耳を欹《そばだ》てているので、悦子は振り切るようにして二階へ駆けあがった。さすがの加奈子も二階のプライベートスペースにまでは入ってこない。ふすまをぴしゃりと閉めて、全身を彼の声に集中させる。

「河野さん、ゴールデンウィークの予定ってもう埋まっちゃってます？」

「……キタコレーーー!!」（心の声）

漏れそうになる歓声を理性の沼に沈めて殺し、悦子は平静を保って答える。

「いえぜんぜん。今からだとどこも混んでるでしょうし、家でおとなしくしてようかなって思ってました。是永さんは？」

「あ、よかった。いや、よくないか、ええと、あの、もしよかったら軽井沢行きませんか？」

「キタコレーーー!!」（心の声）

漏れ（略）理性の沼（略）ほとばしる劣情と煩悩を先方に悟られぬよう、いかに可愛らしく爽やかに諾の意思を示せるか、答えに詰まっていたら、

「モデルの友達が彼氏と一緒に行くつもりで貸別荘予約してたらしいんですけど、海外で撮影仕事が入って行けなくなっちゃったみたいで、おまえ代わりに使わないかって言われて」

と是永は弁解するみたいに言葉をつづけた。悦子は歓喜に震えそうになる己の声帯に「私は女優」と言い聞かせてなだめ、答える。

「それは、残念ですねお友達。私でよければぜひ、ご一緒させてください」

「じゃあ、詳細はあとでメールしますね。あ、花粉症、大丈夫ですか？」

「はい、あれは花粉症ではなく風邪でした」

蒸し返さないでくれよ。それから二分くらい世間話をして、悦子は通話を切る。一瞬ののち全身の力が抜け、畳の上にどさりと倒れ込んだ。

「えっちゃん終わった⁉ どうだった⁉ アフロなんだった⁉」

階下で加奈子が叫んでいる。ずるずると身体を引きずり、悦子は階段まで移動して顔を出し、下にいる加奈子に向けて親指を突き上げた。

「いま階段おりたら絶対に重傷を負うから、加奈ちゃんあがってきて」

言うや否や、弾丸列車のような勢いで加奈子が階段を駆けのぼってくる。家壊れたらどうすんだ。いや、加奈子の勤め先が管理してるんだから、社員が壊したら修繕費不動産屋持ちか。しかし階段が崩落したら私はどうやって明日会社に行けばいいのだ、いや、その前に風呂やトイレはどうしたらいいのだ、……そんなことはどうでもいいんだって今は！ 男女のお付き合いのことをもっと真剣に考えたいんだってばこのボロ家め！

女はそんなに恋愛のことばっか考えてる生き物ではない、女を馬鹿な性別のように扱うな。的な発言を、ときどきネットで見かける。だいたいは月曜や土曜のゴールデンタイムに放映されている連続ドラマに対しての、働く女子や声の大きそうな主婦からの反論だ。しかし今までそこそこの数の小説を校閲してきて、恋愛のことばっか考えてるのは女子だけに限らないだろうと悦子は思う。

男性作家にだって、女と恋愛やセックスをすることばかりに重点を置く、頭の中の大部分は己の下半身と女体で構成されてます、みたいな作品を書く人もいる。オムライスの皿に載ってるパセリや、割り箸の袋に入っている爪楊枝《つまようじ》程度の扱いでしか女を登場させない作家もいる。もちろん作品と作家本人がイコールなわけではない。女のことしか書かない作家がもしかしたらゲイかもしれないし、男と見せかけて女かもしれない。パセリや爪楊枝を偏執的に愛する人かもしれない。さらに小説という小さな箱の中に存在する架空の男女にだって様々な違いがあるのだから、箱の外のマクロな現実世界の男女を母集団として考えたら、恋愛のことばかり考えている女はやっぱりそれなりに大勢いるだろう。盲目的な恋愛をしている女はえてして他人の恋愛沙汰には興味がないから、恋愛ドラマを見ないしネットもしない。それに恋愛のことばかり考えてるからって馬鹿なわけではない。アガペー・フィリアに並ぶ言葉としてプラトン(男の哲学者・たぶん頭いい)考案の「エロス」が存在するくらいなのだから、人間が考える葦《あし》だったころから男女ともに恋愛は人類の大きなテーマなのだ。

「いや、いくら自分を正当化しようと人間は元サルだよ、葦じゃないよ」

「ねえ今井ちゃんどうしよう、何着てこう、キスするときってグロス落としておいたほうが良いもの？　男の人が好きな匂いってなんだろう、大人っぽいほうがいいの？　それともダウニーの匂いとか？　脱毛って今からでも間に合う？　ブラパンは揃《そろ》えておいたほうがいい？　あ、でも気合入ってんなとか思われるからあえてちぐはぐなほうがいい？　寝るときはピアス外すのかな？　んあー!!　どうしよーう!」

「私の話聞いてます？　サルだよ？　難しいこと言ってるけど、サルだよ？」

「あと、プラトンの『饗宴《きょうえん》』に描かれてるエロスは少年愛だからね？　バタイユの『エロティシズム』みたいのじゃないからね？」

そんなわけで悦子は今、頭の中が男のことでいっぱいだ。心躍りすぎて、終業後に手あたり次第声をかけて、今井と米岡を捕獲した。このふたりが捕まって好都合だった。米岡には別件で尋ねたいことがあった。

レーザー脱毛は抜けるまで時間がかかるから今回は自己処理にしておけ、ブラパンは絶対揃えろ、ダウニーはあざとすぎるからミスディオールやクロエあたりのメジャーな香りにしておけ、クリードやペンハリガンみたいなメゾン系は受け付けない日本人男子が多い。

今井の言葉を脳みその皺《しわ》に刻み込んだあと、テーブルの上に残っていたビールを飲み干して空いたグラスを隅に寄せ、悦子は「ところで」と米岡に向き直った。

「これを見てくださいまし」

昼間、恋愛モードをオフにして書き留めたメモと各回初校ゲラの冒頭ページを悦子は米岡の前に広げる。

「なにこれ？　恋の作戦表？」

「いや、ラブラブ大作戦からはいったん離れて。森林木一の今までの連載の元データを入稿したゲラと、中で気になった文字のゆらぎから拾ったものなんだけど」

変換ミスや、途中で挿入したと思われる文章と元の文章に現れる単語の重複、そして単純な誤字脱字のある箇所に、悦子は一定の法則性があることを確信していた。

「……ほんとに、ちゃらんぽらんに見えて仕事はちゃんとしてるよねえ河野っち」

「早く認めてもらって異動したいもん」

——これは私の恋の記録で、この世を生きた証でもある。私わたしは今、ゆっくりと、しかし確実に死へと向かいゆくこの国の片隅、TS居住区13P389111の、アンティークなサイバーカフェからこのテキストを打っている。国のマザーネットサーバに接続できるかもわからない前時代のデバイスが、もし未来を生きる誰かに接続してもらえたら、もしどこかにバックドアが仕込んであったならば、もし拡散系ヴァイラスに感染していたらば、このテキストは誰かの素へ届くかもしれない、後世に残るかもしれないと、わずかな望みをこの古いデバイスに託して慣れないキーボードを打っている――

連載第一回はそんな文章から始まる。読み始めてすぐ誰でも気づく「私わたしは」という単語の重複がある。

そして連載第二回。冒頭は以下のように始まる。

――物心ついたころからテトラと呼ばれていた。日本の国民に初めて識別番号が割り当てられたのは西暦2015年だとテトラは教育センターで習った。其処そこから何度かシステムの改変があり、現在の識別番号は2015年の仕様からだいぶ変わっている。識別番号管理制度の徹底により個人の名前は必要ないのだが、番号があまりに長すぎるため、規則に則ったアルファベットへの短縮法が用いられ、その文字列の並びがテトラの場合は「テトラ」と読めるものだった——

こんなの一目見れば判るし一瞬で削れるものだ。

回を追うごとにこの明らかな文字の重複や誤字・打ち間違いはうしろにずれてゆく。連載第一回だとひとつ目のセンテンスのうしろ。二回目はふたつ目のセンテンスのうしろ。そうしてひとつずつずらして七回目までの重複した文字や単語をフィーリングで正して順番につなげてゆくと、

「私は　そこから　動けない　救助を　ウェイティング　その場所は　居住区の」

になる。七回ぶんのゲラしかないのでここから先は不明である。「ウェイティング」に関しては「ン」が「ソ」になっているという、データ入稿ではありえない誤字だった。気づいてもらうための故意だとしか思えない。

外見にそぐわぬ悦子の勤勉ぶりを茶化していた今井と米岡は、単語の並びを見たあと「えー」と言って笑い、思いなおしたのかすぐにその笑いを消した。

「あと、やっぱり明らかに回を追うごとに文章が荒れてきてるの。最初は文字みっちみちだったのに改行増えたしひらがなも増えたし、語彙《ごい》も減ってるの」

「……」

「もしかして森林木一、どっかの出版社に監禁されてありえない量の仕事を強いられてるんじゃないの？」

「いやまさか。先週こっちで『本の雑色』の取材受けてるし、貝塚くんも同席してるはず」

「……詳しいね」

「SNSフォローしてるからね、イケメンだし」

悦子にとってはおそらく、この人の作品が初めて好きになった小説である。初めて「つづきが気になる」と思った。放っておいてもまったく問題ないだろうし、むしろあまり関りたくもないのだが、この七つの単語が不穏すぎて捨て置けず、米岡に打ち明けた。

「貝塚と話す機会があったら、なんか変わったことがないか訊いてみてくれる？」

「うん。でも自分で訊けば？」

「私が訊いても『おまえには関係ねえだろ』って言われるのがオチだと思うし、そんなこと言われたらむかついちゃって今のハッピーな気持ちが台無しになるの」

「それもそうだね」

悦子と米岡がなんとなく真剣に話している最中、今井は飽きたのか真剣にデザートメニューを見つめていた。

『週刊K-bon』には年に五回、合併号がある。競合他誌がだいたい年に四回、過酷なところだと盆と年末年始とゴールデンウィークだけという中、年に五回はかなり多い。バブルがはじけた直後、働かされすぎた記者たちが連続で血尿を出し、ボイコットした過去があるから適度に休みを取らせているらしい。他誌では過労による死者も出ているという。

やりきれないだろうなあ、と、網棚の上に放置された、水着姿のグラビアアイドルが表紙の週刊誌を見て思う。記者が血尿出しながら記事を書いても、校閲がどれだけ正確に文字やレイアウトを正しても、それを隅々まで見ている読者っているんだろうか。文字を正すよりもアイドルのパンツを脱がせろと思ってる読者のほうが多いんじゃなかろうか。

パンツ。……パンツ。

ゴールデンウィーク前最後の勤務を無事に終え、閉店間際に駆け込んだ東西デパートの下着売り場。家に戻り、真新しい黒いショッパーからキュートな包装が施された二組のブラパンを取り出した。あれこれ吟味して長時間考えるとんでもないものを買ってしまいそうだったので、あえて閉店間際に行った。我ながら賢い選択だった。紺色とカーキの、装飾もほどよく上品な二組。予定では二泊である。日程のメールが届いたとき、もっと滞在してもよろしいんですのよ⁉　と思った。そんな返信はしなかったけど。

下着を前に煩悩と劣情ほとばしる想像を廻《めぐ》らせていたら、ポケットの中でスマホが振動し、心臓が跳ねあがった。違うよ？　別にそんな、変なこと考えてないからね？　電話に向かって弁解したものの、表示されている名前は「もりお」だった。

「悦子、もう家帰っちゃった？　ご飯食べた？」

通話ボタンを押すなり、疲れ果てた森尾の声が聞こえてくる。

「うん、もう家。でもまだご飯食べてないし化粧落としてないから外出られるけど」

「よかった、じゃあ出てきてくれる？」

悦子の住んでいるところから地下鉄で二駅くらいの、聞いたことのある店の名前を告げ、森尾は通話を終わらせた。たしかおつまみ全品二百九十円みたいな、女性誌エディターには似つかわしくない安い店のはずだ。

たばこと七輪の煙でもうもうとした、サラリーマンでごったがえす店に着くと森尾は既に来ていて、カウンター席の隣に並んで座った悦子に憔悴《しょうすい》した顔で「おつかれ」と言った。

「どしたの、またひどい顔で」

「なんかうまくいかなくてさぁ」

彼女の手元には、手帳の真っ白いページが開かれていて、傍《かたわ》らにはボールペンが転がっていた。こんなごちゃごちゃした店で仕事のこと考えるのは無茶だろう。お酒とお通しが運ばれてきたあと、うまくいかない「なんか」の詳細を尋ねた。

曰く、以前森尾は今までの『C.C』にはなかったような斬新な企画を出し、それが企画会議で通り、自身で担当したのだそうだ。たしかに先月発売号、悦子の知る限り『C.C』では前例のない奇抜な企画がふたつあった。長年のテーマである「モテと愛され」を捨てて強い女方面へと路線変更を始めたのかと思っていたが、あれ、森尾が担当してたのか。

満足のゆくページが作れたものの、読者アンケート結果は芳《かんば》しくなく、雑誌ウォッチャーを自称している有名ブロガーには「C.C娘、ついにご乱心か!?」という週刊誌の見出しみたいな題名の記事を書かれ、その記事がマイナス方向にバズった。そして今月、森尾の企画はひとつも通らなかった。

「……そういうことでヘコむタイプじゃないと思ってたんだけど、意外。森尾もネットとか気にするんだね」

悦子は入社前の懇親会で知り合った、美しく強そうな森尾の姿を思い出す。人に媚《こ》びず、しかし人と衝突することもなく、自分の意見は曲げずに伝える。頑固なわけではなく、自分が悪い場合はふてくされずに謝罪する。自分哲学が決してぶれない悦子だが、森尾のしなやかな器用さには心奪われ、後日海外生活の長い帰国子女だと聞いて納得した。

「マーケティングがSNS頼りだからね。雑誌の人もテレビの人も、ネットの評判は必ずチェックしてるよ……そっか、校閲って基本、そういうこと必要ないのか。矢面に立つのは編集なのか」

「うん、読んでる人みんな校正とか校閲の存在なんか知らないもん。私も入社するまで知らなかったし」

「それでなんでそこに配属されたの」

「うちの部長が採ってくれたらしいよ。本当は落とされる予定だったんだって私」

そういえば話してなかった。昨年末、文芸書から雑誌校閲に配置換えが決まったとき、エリンギに明かされた話をかいつまんで説明したら、森尾は「いい人だね」と噛みしめるように言った。

「本心は判んないけどね。なんか最近変だったし」

「そういえば、あたしこないだ、あの部長が喫茶店で単行本かなんかのゲラ読みながら泣いてるの見たわ」

「まーじで⁉　何読んでたんだろう⁉　てか、男でも本とか読んで泣くんだ」

「いや、あの年代のオッサンは結構涙もろいよ。仕事で戦争ものの映画の試写とか行くと、いい歳のオッサンが結構な割合で号泣してるし」

少し元気が出てきたのか、今までお酒しか飲んでいなかった森尾はおつまみを一皿だけ注文した。落ち込んでいるとき爆食いするタイプと、何も食べられなくなるタイプがいる。悦子は食うタイプだが、森尾は胃がふさがるタイプなのだろう。

一時間半くらいの][のち、森尾はふっきれた顔をして「来てくれてありがと」と言い、店員を探して手を挙げた。そして会計する旨を伝えたあと、明かされた事実に悦子は思わず無言になった。

「あたし明日から三泊で軽井沢の別荘行くんだけどさあ、あ、あたしんちのじゃなくて大学の友達の親の持ち物なんだけど、メンツが五人なの。あたし以外の四人、男女のカップルなの。やってらんないでしょ」

「……」

「一ヶ月くらい前に総務で会ったとき、テッパンも旧軽《きゅうかる》にあるうちの会社の保養所予約してたんだよね、同じ日程で。くうたんと行くんだって。誰だよくうたんって、空港環境整備協会のゆるキャラかよ」

だいぶ無理がある。そしてその協会は実在するのか。あとで調べよう。

「悦子はゴールデンウィークどうすんの？」

「……軽井沢に行きます」

「はっ!? えっ!? 誰と!?」

「……是永さん……」

「おまえ爆発しろマジで！」

こっちのセリフだ！という反論はかろうじて呑《の》み込んだ。近くに知り合いだらけのバカンスなんて、ぜんぜんのびのびできないよ！

第二話
校閲ガールと恋のバカンス
後編

悦子の研修メモ その14

【平綴じ】雑誌などの綴じ方で、背表紙があるやつ。

【中綴じ】背表紙がなくて、おばけホッチキスで真ん中が留められて半分に折られてるやつ。

【おばけホッチキス】とにかくでかいホッチキス。べつにおばけが描かれてるわけではないしおばけが製本作業してくれるわけでもない。

どうもどうも、河野悦子でございます。さて私は今どこにいるでしょうか⁉

正解はここでーす、ここここー！　軽井沢でーすイエッフーウ！

……などと言って、存分に浮かれたかった。あれをやっている女の芸人が心から浮かれているかどうかは判らないが、観ている側の人は楽しい気持ちになる。そっかーこれからあなたの楽しい旅が始まるんだね！　わくわくするねイエッフーウ！　とは思う。少なくとも悦子はそう思いながら毎回観ている。

なんで私、こんなところにいるのか。今ごろは愛《いと》しの是永とふたりで美味《おい》しいランチに舌鼓《したつづみ》を打っているはずではなかったのか。

しとしとと冷たい小雨の降り始めた白樺《しらかば》の木立の中に佇《たたず》む古い屋敷は、昭和初期に建てられて、二代に亘《わた》って地元のお金持ちが住んでいたのだそうだ。外装や内装の詳細は「#アンティーク #瀟洒 #洋館 #吹き抜け #大広間 #二階建て #お金持ち」あたりのインスタグラム的な単語群から思い浮かべていただければだいたい合ってる。今は血縁でもなんでもないが、元の持ち主と親しかった人が住むその屋敷で開催された「ごく親しい人たちを招いたこぢんまりとしたパーティー」で、住人と親しくもなんともない悦子は、バカンスには程遠いメン（略）

時間は少しばかり遡《さかのぼ》る。

是永のモデル仲間が彼氏と旅行するために予約していた切符をそのまま引き取ったため、悦子は是永とふたりで朝十時くらいに東京発の新幹線に乗り、軽井沢までやってきた。ちなみにモデル仲間は男で、彼氏はイギリスで働くインド人エンジニアだそうだ。忙しいふたりが予定を合わせてやっと行けるはずの旅行だったのに、モデル仲間は恋人より仕事を選んだ。そのことによって喧嘩になり現在破局寸前らしいが、男女でも男同士でも喧嘩するポイントは変わらないんだな、となんだか感慨深かった。

——河野さん、軽井沢何度目くらいですか？

乗車率一〇〇パーセントを超える車内に乗り込み、並んで椅子に座ったあと是永が尋ねた。

――三回目です。

――あ、自分も同じだ。小さいころ家族で二度行ったきりだから、ほとんど憶えてないけど。

――私は大学のゼミ合宿が二回とも軽井沢で。

――いいなあ、女子大の合宿って華やかそう。

――ぜんぜんですよ。ちょっと勉強するだけで、あとは徹夜で花札か大貧民やってましたから、現ナマ賭けて。

――……そうなんだ……。

しまった、間違えたっぽい。若干引き気味の是永の顔を見て、彼の幼少時代に話題をスライドさせて一時間ほどをやり過ごし、駅からタクシーに乗って貸別荘の密集するエリアまで渋滞に巻き込まれつつ約四十分。移動だけでどっと疲れた。人、多すぎる。仕方ないか、連休だもんな。

貸別荘は悦子の家の五倍くらいの総床面積の、壁一面窓みたいなおしゃれな平屋だった。まばらに植えられた白樺の木立の中、人の顔が判別不可能な程度の距離で建物が点在している。世の中にはこんな場所、こんなお休みの過ごし方もあるんだな、と別世界を発見したような新鮮な気持ちで悦子は窓に張り付いて外を眺めた。少し離れた建物のウッドデッキでは小さい子供たちがテーブルの周りをぐるぐる走り回って遊んでいる。

「どうかしました?」

水回りの確認をしていた是永が横に並び尋ねた。

「いえ、私、家族旅行ってしたことがなくて。ああいうの、羨ましいなあって」

ウッドデッキで走り回っていた子供の小さいほうが転び、建物の中から母親らしき人が出てきて、大きい子供と共に小さい子供をなだめている。

悦子の家は商売をやっていた。ゴールデンウィークも親は店に出ていた。盆と正月は休みだったが、悦子が幼稚園のころ祖父が若くして要介護状態になり、五年後に亡くなったすぐあとに今度は祖母が重い病気にかかって要介護になり、彼女が亡くなったころ、悦子はもう「家族旅行」を喜ぶような歳ではなくなっていた。地域的に嫁が世話をする自宅介護が当たり前だったため、施設で面倒を見てもらったりもできなかった。

祖母が亡くなったあと、高校一年の正月休みに父親から「三人でグアムでも行くか」と誘われたけど、悦子は断った。高校生になってまでそんなダサいことしたくない、とそのときはそっぽを向いた。しかし二十五歳を迎える今になってなんとなく、誰かに過去を責められている気持ちになる。生きているうち、あと何回親に会えるのかな。

「じゃあ、これを初めての家族旅行だと思って、いっぱい楽しんでください。どこ行きたいですか？」

その発言は脳内を一周し、しんみりした郷愁を宇宙の彼方へと吹き飛ばした末、理解という誤解に至った。

「……家族⁉　是永さんと私が⁉」

「あ、いや、すみませんそういう意味じゃなくて、なんていうか、ええと」

その家族は、パパ、なのか？　それとも、夫、なのか？　行きたい場所は聖パウロカトリック教会だとか言っても大丈夫なのか？

「とりあえず、荷ほどきしたら昼飯食べに出かけましょうか。二十分くらい歩けば旧軽井沢まで出られる距離ですし、あ、疲れてたらタクシー呼びますけど」

「いや、元気いっぱいです！」

「良かった。あいつがランチのお店とかも予約してたみたいなんで、そこでいいですか？」

「喜んで！」

速攻で悦子はベッドルームに向かい、荷を解く間も惜しく鞄ごとクローゼットに放り込んだ。振り返れば真っ白いシーツを纏《まと》ったセミダブルのベッドがふたつ。せっかく旅行に来たんだからランチも夕飯も腹いっぱい食べたいけど、裸になったとき腹が出てたら幻滅されるかもしれないし、少量しか食べないでおこう。にんにくとかネギとかも控えておこう。そんな乙女っぽい心配を、ここ数年したことすらなかった。

嗚呼《ああ》この！　腹の底から湧きあがる！　もどかしいほどのときめきを！　誰に伝えればいいの！

「……断じてあんたじゃなかったよなあ……」

悦子の恨みに満ちた呟《つぶや》きは耳に届かなかったらしく、貝塚はシャンパン的なシュワシュワした液体の入ったグラスを、ムカつくほど呆《ほう》けた顔で渡してくる。

「前に言ってた『超絶かっこいい人』って、是永さんだったのか……」

「間違ってないでしょ？」

「……予想外すぎてなんて言えばいいのか」

「じゃあ黙っててくれる？」

今悦子のいる場所は、作家・竜ヶ峰春臣の邸宅である。そして同じ屋根の下に貝塚と森尾がいる。ゴールデンウィーク感がまるでない。悦子と是永がふたりで貸別荘を出て、旧軽井沢方面へと歩き始めて十分も経たずに、通りすがりのタクシーの中から貝塚に呼び止められたのだった。

——是永さんもいらしてたんですか！　……ゆとり!?　おまえ何してんの!?　おデートだよ！　見たら判んだろうがよこのボンクラ平社員が！　そのとき悦子は殺人者の顔をしていたと思う。是永が見ていなくてよかった。

これから竜ヶ峰春臣の別荘でランチパーティーがあるのだという貝塚は、何故か是永を執拗にそのパーティーに誘った。これから河野さんとランチをしにいくつもりだ、と是永が答えると、じゃあ河野さんもご一緒にどうですか、とものすごくイヤそうな顔をして悦子を見た。おまえ、一緒にいるのに是永ひとりだけ誘うつもりだったのか。と更にムカついた悦子は「結構です」と答えたが、運悪くそこに森尾たちの乗った車が通りかかった。ちょっと狭すぎやしねえか軽井沢。

——悦子!?　やだ偶然！　このあたりなの？

車を止めて降りてきた森尾の姿を見た貝塚は顔を輝かせる。

——森尾さん！　もしよければ森尾さんも一緒にいかがですか？　これからパーテ

ィーがあるんですけど。

コテンパンにふられたというのに、懲りないやつめ。

――お金持ちで将来性のあるイケメンが来るなら行く。

――……来る、と思います。

カップル二組にシングルひとり、という状況からとにかく抜け出したかったらしい森尾は、元々乗っていた車のところに駆け戻り、運転していた男子に何か伝えると小さなクラッチバッグだけ持って戻ってきた。そして「この人とふたりだけにするつもり？」と森尾に睨《にら》まれた悦子と是永も、貝塚の乗ったタクシーに乗り込むことになったのだった。返す返すも、狭すぎるだろう軽井沢。

会場には五十人は軽く超える人数が集まっていた。それくらい入る広間があることに驚いた。隅のほうにはグランドピアノが置いてあるので、小さなコンサートなどを催しているのかもしれない。

是永はパーティーに来ていた女たちに囲まれて、当分悦子のところには戻ってこられなそうだった。嫉妬とかではなく、別の理由でちょっとヒヤヒヤしたので悦子は傍《かたわ》らの貝塚に尋ねた。

「ねえ、是永さんって顔出ししてない作家だよね？　こんなところ来て大丈夫かな？

あの女の人たち『イケメン作家に会いました』とかってインスタに写真あげたりしないかな？」

「大丈夫だよ、閉じた社会だから、特に軽井沢は」

貝塚曰《いわ》く、一応覆面作家ではあるが、出版社の文芸に属する人たちは彼の素性を知っているのだそうだ。そしてこういうパーティーとかやってる人たちが属している社会、とりわけ「軽井沢」と呼ばれているところの文壇の人たちからは、外界に情報が漏れないのだという。

フリーメイソンかよ、と心の中で突っ込みつつも悦子はそのヒューマンセキュリティの堅牢さに安堵し、遠くのアフロを眺めた。

「なんか、殺人事件とか起こりそうな家だよね」

誰かに呼ばれてその場を離れた貝塚の代わりに、森尾が料理の皿を持って戻ってきて、言った。悦子もそれは足を踏み入れたときから思っていた。

「姿が見えなくて二階の部屋に呼びに行ったら死んでたパターンね。で、犯人はこの中にいるのね」

「誰が怪しいと思う？　あたしはあれが怪しいと思う」

森尾がそっと指さした先には、もの慣れた様子でゲストたちと談笑している、リゾート仕様の麻ジャケットと同素材のクロップドパンツと、ダークブラウンのフラットサンダルが滑稽《こっけい》なほど似合う、見覚えのある男が立っていた。首に巻いているストールは当然、淡いピンクだ。それが誰だか思い出し、悦子は伝える。

「あれ、ウチの社員だよ……」

「マジで？　あんなハクツーの社員コスプレみたいなのいた？」

「うん。今年の新人で、たしかこの屋敷の主の子だか孫だかのロイヤルコネクション入社の人」

なお景凡社においてこの場合の「ロイヤル」は「王室の」という意味ではなく、中国語の当て字「老爺」の字面を意味する。老婆のコネの場合でもロイヤルコネと呼ばれているのでわりといい加減ではあるが。

「あのサンダル、エルメスのイズミールだよね？　新人じゃ絶対買えないよね？　お金目当ての殺人か……？」

「いや、殺してないですし、こんな別荘持ってる人の子だか孫だかなら市場価格八万円のサンダル買うのも八百円くらいの感覚なんじゃない？」

ふたりがこそこそと喋《しゃべ》っていたら新人は視線に気づいたのかこちらを見た。そしてうさん臭いほどの笑顔を張りつかせて近づいてきた。

「C.C編集部の森尾さんと、校閲部の河野さんですよね。楽しんでいってください、竜ヶ峰の孫の伊《い》藤《とう》保次《やすじ》郎《ろう》です」

竜ヶ峰はペンネームか。そして伊藤ってわりと普通だな。

「どうして名前を？　あたしたちとはほぼ初対面みたいなものでしょ？」

「おふたりみたいに綺麗な女性の名前はすぐ憶えちゃうんですよね」

イタリア人かよ、とたぶんふたりとも心の中で突っ込んでいたと思う。しかしそのあと、伊藤は何故か森尾に向かって「少し前に『C.C』さん、ちょっと変わった特集してましたよね、ブリティッシュパンクとかの」と言った。まさか読んでるのか、米岡の情報が間違っていて、もしかしてこの人も女性誌編集部狙いなのか、と悦子は無意識に睨みつけていたが、隣にいた森尾もかなり警戒した表情で尋ねた。

「どうしてご存じなんですか？」

「入社してすぐ、勉強のために全雑誌を読んだから。『C.C』っていったら昔から可愛い女性代表みたいな雑誌だと思ってたんで、意外性に驚いちゃって。すごく良い企画だと思いました。社会に対する反骨精神は大事だし、女性は可愛いだけじゃダメだと思うんだ、僕は。それに世界中のメディアがジャパンカルチャーである『カワイイ』に注目している今の時代にあえてとんがったブリティッシュパンクに目を向けてくれたのがうれしかった。あの雑誌でダムドやクラッシュの名前を見るとは思わなかったし、ピストルズとヴィアンとマクラーレンの関係年表が載る日がくるとも思ってなかったし。あ、高校と大学がロンドンだったんです僕。外国にかぶれてるみたいで感じ悪くてすみません。でも七年間も過ごせば第二の故郷みたいに思うもんなんですよ」

滔々《とうとう》と、おまえほんとに二十代前半か、と突っ込みたくなるほど堂々と伊藤は持論を述べた。少しばかり上から目線にも聞こえるそのオピニオンに、気の強い森尾がどんなオブジェクションを返すかなと思っていたら、

「……ありがとうございます」

と絞り出すような声で彼女は答えた。意外だった。森尾が次なる言葉を発しようとしたとき、不自然な笑顔を張り付かせた貝塚が若干赤い顔をして戻ってきて伊藤の肩に手をかける。

「んんー何をしているのかなー伊藤くん？　おふたりとお知り合いなのかなー？」

「あ、貝塚さん。こちら我が社のC.C編集部の森尾さんと校閲部の河野さんです」

「知ってますから！　君よりもだいぶ社歴長いですからワタクシ！」

「おお、すみません、貝塚さんって女性に縁遠そうだからてっきり女性社員とは交流

ないものだとばかり」

悔しそうな顔をして何も言い返せないでいる貝塚を見て悦子はざまあみろと思う。伊藤、見た目が貫禄《かんろく》ありすぎて嫌味だけど、中身は意外といいやつかもしれない。

貝塚が遠くから呼ばれ、悦子のそばを離れてだいぶ時間が経ってから是永が悦子のところに戻ってきた。森尾は少し離れた場所で伊藤と話に花を咲かせていた。なんだかいい雰囲気だ。

「すみません、つかまっちゃって」

「お気遣いなく。何かお仕事につながりそうないい出会いはありました？」

「いえ、ただ、自分で勝手にライバルだと思ってる作家さんが来てたんで、紹介してもらってちょっとお話ししてきました」

「どなたです？」

聞いても名前すら知らないだろうな、と思いつつ悦子は尋ねたのだが、意外にも是永の返答は、

「森林木一さんて、よく判らない世界観の小説書く人です。ライバルっていうか、目標かな」

だった。書いてる小説のよく判らなさ具合はあなたのほうが遥かに勝ってるから、

と悦子が言うかどうしようか迷うよりも先に是永は言葉をつづけた。

「で、今日の夜、森林さんの家に招かれたんですけど、河野さんさえ構わなければお伺いしようと思うんですけど」

「……」

悦子は一瞬腕時計に目を走らせ時刻を確認した。既に午後四時を回っている。二泊三日の貴重な一日が他人との交流で終わってしまうことが非常に腹立たしい。飯を食いたいならてめえが東京まで出てこいや、と見たこともない森林に対して歯ぎしりしたくなるが、そういう機会でもなければ是永は作家の知人などできる環境にもいないだろうから、悦子は笑顔で「もちろん」と答えた。例の誤字脱字だらけであからさまな重複のある原稿も気になっていたし（今の今まで忘れていたが）、イケメンだという噂だし、本人を見てみる価値はあるかもしれない。


どの業界にも伝説になっているような逸話があるのと同じく、校閲業界にも有名な話がいくつかある。部長から寒いダジャレ満載の研修を受けているときに右から左へ受け流しながら聞いていたため詳しくは憶えていないのだが、一番印象に残っているのは、とある女流作家の娘が「母とのおもひで」的な随筆本を出版したときの話だ。

巻末に収録する解説だか雑誌の書評だかを、どこかの評論家が執筆した際、その解説だか書評だかの中で「亡きお母上には生前大変お世話になった」的な一文を入れたらお母上まだバリバリ生存中で、刊行後編集部に「わたくしまだ生きておりますわ」と亡きはずのお母上から国際電話がかかってきた、という大失敗例である。

本の制作に関ったどの立場の人でもこの話は背筋が寒くなるだろう。お母上はその本が出る十年くらい前に年下の画家の恋人と巴里《パリ》に移住しており、たしかに文壇から姿を消してはいたのだが、これを書いた評論家はうっかりにもほどがあるし、編集者は自分の作ってる本に興味ないことがばれてしまうし、担当した校閲者は時代が時代なら「腹を切れ！」と言われるだろう。誰が一番悪いとかではない。どんなミスでも関係者全員に同じ重みの咎《とが》がある。しかし今日ばかりは誰のミスでもなく神様を恨むしかないと思う。そのレベルのあやまちをおかしちゃったのと同じくらいの絶望に悦子は今うちひしがれている。予想外の事態に目の前が真っ暗になるのを感じた。

――生理きた……。

便座に腰を下ろしたままスマホから森尾に送ったLINEのメッセージには、すぐに既読のマークが表示され、レスが来た。

――ごしゅうしょうさまDeath☆

……ありがとうございまShit☆

うかつだった。まだ前回から数えて三週間しか経ってない。興奮しすぎると早まるって本当だったのか。そんな経験なかったし、予想もしてなかったし、いったいなんのためのお泊まりですか！

夕飯の招待までまだ時間があるので、悦子と是永は一度貸別荘に戻ってきていた。ベッドルームに走り、化粧ポーチの中からナプキンと鎮痛剤を出してまたトイレに戻る。なんで女の身体ってこんなに不便なんだろう、と理不尽に神様を恨むが、来ちまったもんは仕方がない。

トイレを出たあと洗面所で鎮痛剤を飲み、両手で頬を叩いて気合を入れてから、リビングに戻った。細く降りつづく雨のせいもあり外は既に薄暗く、壁際の間接照明によって部屋が橙《だいだい》色に染まる中、ソファに身体を沈めてぼんやりと窓のほうを眺める是永の姿はため息が出るほど美しかった。こんな綺麗な人と一緒に旅行に来ているのだな、と改めて思うとわけが判らなくなった。私がいるこの今の世界は現実だろうか。

少し離れた場所から突っ立ってストーカーばりに見つめていた悦子に是永ははっとした表情で気づき、手招きする。家の中にゆるく風が吹いていると思ったら、窓が少し開いていた。

「疲れちゃいました？　いっぱいいろんな人と喋ってたっぽいですもんね」

めいっぱい平静を装って悦子はソファの隣に腰を下ろす。耳の裏にひと吹きした自分の香水の匂いには既に鼻がマヒしていて、シャンプーか香水か判らない是永の匂いが鼻孔をかすめたと思ったら、肩がずしりと重くなった。

「ちょっと、こうさせてて」

頬と耳に彼の髪の毛が触れる。触れるというか、わりとアグレッシブに己の存在を主張してくる。アフロって見た目よりも柔かいんだわー、と思った一秒のち、悦子は石化した。半身を寄せ自分の肩に頭を載せる是永は、目を閉じて甘えるように悦子の上腕を軽く噛んだ。そしてそのまま動かなくなった。

……嗚呼神様！　私！　いま幸せです！

喜びと共に毛穴から煩悩がふき出してしまいそうで、悦子は意味もなく息を止める。大丈夫、下着は万全です！　しかしナウオン生理！　どうしたものか！

是永の頭の重みは、数分ののちに増した。寝息も聞こえてきた。悦子は軽く脱力し、ふーっと息を吐きつつ天井を仰ぐ。男の人と身体的に接触したのは高校生のとき以来で、あのときは処女でなくなることばかり考えていて、好きとかそういう感情はあまりなかった。男女の関係ってこんなに緊張を伴うものだったのか、と腹の奥が圧迫されるような気持ちになる。

改めて是永の、ソファの座面に投げ出された手や床に伸びる足の指などを観察する。神様がひとつひとつの部品を丁寧に作った人、という感じがする。指の節や爪の形、足の指に一部生えている毛の儚《はかな》さまで綺麗だ。モデル業界にはこれと対になるような女がいっぱいいるだろうに、どうして私なんだろう。原稿を提出する前に校閲してほしいとか？　しかし頼まれたことはないし。なんで私？　そもそもこの人、私のこと好きなのか？　騙されてるのか？　最終日にここの料金を全額払わされるとか？　身体目当て？　いや私の身体とかそんな大層なもんじゃないし、この人の顔なら金払ってでも抱いてくれって思う女はいっぱいいるだろうし、じゃあ、なんだ⁉　この人の目的はいったいなんなんだ⁉

状況に不明瞭な点が多すぎて、しだいに怒りさえ湧いてきた。このやろう呑気《のんき》に寝息なんぞ立てやがって、寝顔可愛いじゃねえかちくしょう。だめだ怒れない。そしてこの盛大なモヤモヤを伴う幸せな時間は、そう長くはつづかなかった。ポケットの中でスマホが振動し、悦子は是永を起こさぬよう慎重に取り出した。知らない番号だったので無視して尻の下に敷いた。

しかしそれは一度切れたあと、再び振動を始めた。仕方なく悦子は通話ボタンを押し、極力小声で「もしもし」と問いかけた。

「ゆとり⁉　おまえ今どこ⁉」

無言で通話終了ボタンを押す。電源を落とそうか迷っていたらまたかかってきてしまった。何か会社的に重要な連絡事項があるのかもしれない、と〇・一パーセントくらいの可能性を考え、いやいやながら再度通話ボタンを押した。

「……どうしてこの番号ご存じなんでしょう？」

「社員連絡先DB《データベース》に載ってるんだよ、ていうかおまえずっと是永さんと一緒だったの？　もう東京帰った？」

「お答えする必要ございます？　業務連絡じゃないなら切らせていただいてよろしいですか？　今はプライベートですので」

「何その言葉遣い気持ち悪い、え、もしかしてまだ是永さんと一緒なの？　もしかしてお泊まりなの⁉」

「ていうかあんたには関係なくね⁉　ていうか私のゴールデンで貴重なウィークを邪魔しないでくんない⁉　ていうか仕事の電話じゃないんだよねこれ⁉　ていうか休日に会社の人からの電話とかマジ迷惑なんですけど⁉」

「『ていうか』が多すぎるよ！　女子高生かよおまえは！」

隣でアフロが動き、肩が軽くなる。ほらーもうー起きちゃったじゃんよー。

「……電話、誰？」

かすれた声で尋ねる寝起きの是永の身体から溢れ出る色気にクラクラして、悦子は電話を放り出し、裏返った声で「誰でもないです」と答えた。

「……女子高生が電車の中でアルバイト先に悪態をついてる夢を見た」

「最近の女子高生もいろいろと大変そうですよねー」

ごまかした途端、下っ腹に激痛が走った。なんで今日に限ってこんなに重いんだよ。思わず顔を歪《ゆが》めたのを視界に捉えたらしく、是永は反射的にか、悦子の肩をひんやりとした両手で掴んだ。

「大丈夫？　どうしたの？」

痛いよ、でも顔が近いよ、眉間にシワ寄せてる場合じゃないよ、ファンデーションはげてないかな大丈夫かな。悦子は無理やり笑顔を作り、「なんでもないです」と答えた。

次の瞬間、唇を塞《ふさ》がれた。

……。

こういう瞬間って本当に何も言葉が出ないんだな、と一秒後くらいに悦子は思った。

煩悩の森で迷子になっていた悦子はようやく接吻《せっぷん》というセーブポイントまでたどり着いた。どうするべきか、この先に進まれても今私は生理だ。パンツの中に手を突っ込まれたら血まみれになる。どうするべきか、伝えるべきか、いやそんな気はないと言われるか、ど、どうしたらいいのかぜんぜんわかんないよ誰か助けて！

首の筋を違えそうなほどの、もはや今まさに殺されようとしている囚《とら》われの被害者のような緊張状態の中、悦子が目を瞑《つぶ》ることも忘れてぐるぐるしていたら、ふと、唇が離れた。

「……その電話、通話、切れてないんじゃない？　なんか声が聞こえる」

是永は悦子の背後を見遣《みや》り、言う。慌てて悦子はソファの上に放り出したままのスマホを摑んだ。たしかに、切れていなかった。

「……もしもし」

「もしもし、もしもしゆとり⁉　今の数十秒間の空白はなんだよ、何があったんだよ⁉」

何故か貝塚は電話の向こうで怒っている。そして何故か悦子はその声に若干安堵し、答えた。

「大変失礼いたしました。承知いたしました、お伝えしておきますね。それでは、失礼いたします」

耳から離し、通話終了ボタンを押す。通話が切れるのと同時に糸が切れたように全身から力が抜けた。邪魔をした貝塚に怒り狂うべき場面だろうに、何故か「助かった」と安堵した自分に、一瞬ののち怒りをおぼえた。是永も気分が削《そ》がれたらしく、捲《まく》っていたシャツの袖を下ろしながらソファから立ちあがった。

「……そろそろ、行こうか。支度してくるから、河野さんタクシー呼んでくれる？」

「はい」

悦子は玄関に向かい、壁に貼ってある近所のタクシー会社の電話番号に配車依頼の電話をかけた。せっかくキスをしたのに。せっかくの楽しい旅行のはずなのに。なんだか、一瞬ですべてがちぐはぐになった気がして頭と身体が重かった。外はまだ雨が降っている。

なんでまたおまえがいるのか、と本日二度目の突っ込みを心の中でしたあと、悦子は言われるまま森林に挨拶をした。森林木一の自宅は悦子たちが滞在している貸別荘に似た、窓が大きく壁の白い、リビングルームの広い家だった。一枚板のダイニングテーブルの上にはカナッペやピンチョスが並び、ワインクーラーには白ワインが二本入っていた。しゃれおつ。悦子の乏しい語彙《ごい》からはその言葉しか出てこない。

家に入る直前、門扉を通り抜ける際、悦子はなんだか顔にクモの巣が張り付いたような不可解な気持ちになった。しかし原因が判らない。クモはいなかった。そして玄関扉を開けて再び同じ感覚に襲われた。これも原因が判らないしクモはいなかった。リビングの扉を開けて、イラっとした。これの原因は貝塚だ。

さっきのパーティーでちらりと見かけた、小柄な男が森林だった。遠くから視覚で把握していたよりも更に小柄で細かった。身長一五七センチの悦子よりも少し大きい程度のサイズで、作家プロフィールの情報の限りではまだそこそこ若い。しかし後頭部が若干禿《は》げていた。前から見ると判らないし、見ようによってはサナトリウムだかギムナジウムだか、そっち系の美青年に見えないこともない。のだが。

……これが信濃のプリンスかぁ……。

米岡の言葉を思い出し、文芸界のイケメン不足が深刻であることだけは判った。少なくとも悦子の好みではなかった。

二十畳ほどのリビングには森林と貝塚と是永と悦子、そして対面式のキッチンで、森林の妻と思われる女性が料理の盛りつけをしていた。そういえば、作家の既婚とか未婚とかってそんなに話題にならない。

「お手伝いさせていただきます」

悦子はカウンター越しに女性に声をかける。調理台にはパン粉がまぶされた楕円形の何かが並べられて、鍋の中にもそれがいくつか入っている。

「ありがとうございます、でも、お気になさらず、ごゆっくりなさっててください」

顔をあげた彼女を見て悦子は若干驚いた。言葉は悪いが、こんな立派な家には不釣り合いなほど、みすぼらしいというか、貧相というか、そういう雰囲気だった。着ている服も、悦子の感覚だと客を迎える格好ではない。藤岩とはまたタイプの違う、不健康な貧相さ。肌の色の白さが半端ない。クリエイターを支える妻ってみんなこんな感じなのかしら。

是永とほかの男ふたりは窓の傍《そば》のソファに座って男同士で話に花を咲かせており、それがおそらく文学方面の話題のため輪に入れず、なんとなく手持ち無沙汰に悦子は部屋を見渡した。あるべきものがないな、と思った。

「森林先生ってお仕事はどこでされてるんですか?」

悦子が尋ねると、女は再び顔を上げ、答える。

「二階に仕事部屋があって、そこで」

ご覧になりますか、とは言われなかったので悦子はそのまま会話を終わらせた。

以前一度、本郷大作《ほんごうだいさく》の自宅に行ったことがある。妻の亮子《りょうこ》のおかげか、手入れのゆき届いたたいへん綺麗な家で、リビングには大きな本棚があった。作家の家ってだいたいあんな感じだろう、と思っていたのだが、この家のリビングには本棚がなかった。

まあ、うちにも本棚なんてないけどね。

「……っつ」

うしろから女のうめき声が聞こえ、悦子は振り返った。と同時に床に何か軽いものが落ちる音が聞こえた。この距離だと男三人には聞こえていないらしく、彼らは女の様子に気づいていない。

「大丈夫ですか？」

「……油がはねて」

女は目のあたりを押さえ、眉間にシワを寄せて顔をうつむける。

「すみません、失礼しますね」

悦子は断ってからキッチンへ入った。落ちたのは菜箸で、鍋の中にはたぶんコロッケが既に表面近くまで浮いていた。箸を床から拾い、キッチンペーパーで拭いたあと悦子は油の中からコロッケを取り出してバットに並べた。

「すみません、ありがとうございます」

「目ですか？　ちょっと見せてください」

女の手をどけるとかろうじて目からは逸《そ》れていたらしく、右目の下が一箇所赤くなっていた。彼女はエプロンの下に毛玉だらけになった化繊の白いトレーナーを着ていた。その袖口が不自然に汚れているのを見て、悦子はまた不可解な気持ちになる。この汚れ方。なんかおかしくないか？

「……もしかして森林先生にDVとか受けてます？」

キッチンペーパーを水で濡らして彼女に手渡したあと、小さな声で悦子は尋ねた。

「えっ？」

「それ、血ですよね」

「いえ、ぜんぜんそんなことはないです」

ありがとうございます、と言って濡れたキッチンペーパーを受け取った彼女は、

「私、森林の内縁の妻の飯山《いいやま》と申します、遅くなってすみません、お客様が来るのなんて久しぶりで、ちょっとてんぱっちゃってて」

と言ってぺこりと頭を下げた。

「あ、私は景凡社の河野悦子と申します」

名刺がないので自己紹介がかっこつかないな、と思いつつ悦子も頭を下げた。

「あら、じゃあ是永先生のご担当とか？」

「いえ、えーと、なんというか、説明しにくいです」

自分の立場をうまく説明できないことが歯がゆかったが、それよりも飯山の存在自体に悦子はモヤモヤした。袖口の汚れは鮮やかに赤く、どう見ても血だった。何か理由があれば、たとえば鼻血を出してぬぐったからとかであれば、笑い話として話せるはずだ。しかし余所《よそ》様の家庭の事情に首を突っ込めばまためんどくさいことになるだろうし、しかししかし、もし本当にDVを受けていたりしたら、もし飯山が死んだりしたら、袖擦りあった程度の仲だとしても、ぜったいに後味が悪い。

「やっぱり私、手伝いますよ」

やけどを負った目の下に濡れたキッチンペーパーを押し当てながら作業をつづけようとした飯山に、悦子は申し出た。すみません、と言って素直に飯山は場所を譲る。油の中に残りの揚げ物を落としたあと、悦子は尋ねた。

「内縁ってことは、役所には届けてないんですよね。いつごろからお付き合いされてるんですか？」

「もう十年くらいですかね。森林がまだ売れる前からです」

「十年って！　長いですね！　そんなに長く一緒にいて飽きません？」

悦子のぶしつけな問いかけに、飯山はちょっと驚いた顔を見せたが、すぐに「いいえ」と答えた。

「私の一目ぼれだったんです。最初はただのファンだったんですけど、思い切って告白してみたら受け入れてもらえて」

「お仕事なにされてるんですか？」

「……え？」

「いや、すみません失礼な質問だったら。入籍してないなら専業主婦ってわけにもいかないだろうなって思って」

「ああ……働いてる女性から見たらそう思われるかもしれないですね。でも、専業主婦みたいな感じです、結婚してないけど。秘書みたいなことも」

……秘書のいる小説家って、ほんとにいたんだ。

盛りつけた皿を悦子がテーブルに運んで行ったら、森林が慌ててテーブルのほうにやってきて「すみません」と頭を下げた。いえいえ、と悦子も頭を下げ、皿を受け取った森林の手から上を見てまた違和感をおぼえる。飯山があんな汚いトレーナーを着ているのに森林のシャツの袖口はまったく汚れていなかった。

糟糠《そうこう》の妻ってやつなのかしら。

「リサ、地下から赤ワイン取ってきて」

森林の言葉に、飯山は頷《うなず》き、キッチンから出てくる。

「地下もあるんですか？」

「はい、前の持ち主の方がお好きだったみたいで、ワインセラーがあるんです」

金持ち。悦子の貧困な語彙からはやはりそんな単語しか出てこない。

「へえー、すごい、見させてもらっていいですか？」

「ええ、もちろん」

飯山について悦子はリビングを出て、地下に降りる階段をくだる。細い廊下の左側の壁の一部がワインセラーになっていた。

「すごーい、なんだかすごーい。こっちのお部屋は？」

悦子は右手の扉を見て尋ねた。

「仕事部屋です」

飯山はワインセラーのガラス扉を開け、並んだワインを物色しながら答えた。

「……」

またクモの糸のようなものが頭にひっかかったが、一瞬のうちに悦子の頭の中で、この家に入ってきてから感じてきた一連の不可解な印象が順繰りに繰り返され、ひとつひとつの疑問に解が出た。門扉の横に立っていた電信柱の住所表示。玄関の靴箱の上に放置されていた郵便物。地下の仕事部屋。おもむろに悦子はポケットからスマホを取り出した。電話は圏外で、Wi-Fiも飛んでいない。

「すみません、お手洗いお借りしていいですか？」

悦子の問いに飯山は、場所がどこかを説明し、ワインを一本取り出すと、悦子を上へと送り出した。言われるまま悦子はお手洗いに向かい、扉を閉めたあと、そのまま扉に耳をくっつけた。十秒後くらいに飯山の足音が近づいて、リビングのほうへと遠ざかる。音を立てぬよう扉を開け、悦子は足音を忍ばせ、再び地下へつづく階段を下りた。

さっき飯山は、森林の仕事部屋は二階だ、と言っていた。

——私は、そこから、動けない。

あの、助けを求めるメッセージらしきもの。助けを求めるならばメールでも電話でも良さそうなのに、何故原稿に書く必要があったのか。

悦子は思い切って地下の右側の扉のノブを押し下げた。意外にも簡単にそれは開いた。悦子の想像では、そこには奴隷みたいに足枷《あしかせ》を付けられた痩せこけた青年が、森林のゴーストライターとして、夜も眠れずに執筆をさせられているはずだった。飯山の袖口の血はその奴隷を殴打したときの血か何かだろうと。しかしそこに人はいなかった。ただ、机の上にはノートPCとゲラがあった。Wi-Fiが飛んでいない部屋に置いてあるにも拘《かかわ》らず、そのPCには、プリンターケーブルはつながっているが、イーサネットケーブルが接続されていなかった。

机の上のゲラは、悦子が先日校閲したK-bonのものだ。しかしその横にはもっと分厚い、単行本レベルの厚さのプリントアウトの束が積んであった。パラパラと捲《めく》るとまだ入稿前の直しの段階だろう、ワードファイルのプリントアウトに編集者のエンピツや赤がたくさん入っている。ぱっと数行読んだ限り、明治から昭和初期あたりのどこかの時代のお話だった。

なんか見たことある字だな、うちから出る予定の本かな、と悦子は先頭に戻って編集者からのメッセージを確認し、いっそう何がなんだか判らなくなった。

宛先には森林の名前ではなく「槙島祐様」と書かれている。担当編集者の名前は「景凡社文芸編集部・貝塚八郎」だった。景凡社に貝塚という人はひとりしかいない。いま上にいるあいつだ。原稿の束の下には、送付時に使用されたであろう景凡社の茶封筒が敷いてあった。送り状は局留めになっていた。そこに記されていた宛先も「槙島祐一」だ。局留めの場合は受け取り時に身分証明書が必要だから、本名じゃないと受け取れない。ということは。

誰だ、槇島祐って。なんて読むんだ。森林の本名だろうか？　いや、編集者は作家にメッセージを宛てるとき本名ではなくペンネームを使用するはずだ。たしか何個もペンネームを持っている元ラノベの作家がほかにいたし、森林もそういう類の作家で、本名をペンネームのひとつとして使用しているのだろうか？　しかしこんな近い時期にあんな売れっ子が景凡社で連載をしつつ新たに単行本を出すとも思えない。

悦子はスマホでその文面を写真に撮り、そっと部屋を出た。足音を忍ばせ、何食わぬ顔をしてリビングに戻る。ソファで談笑していた男三人は既にダイニングテーブルを囲んでワインを注ぎ合っていた。

「何してたんだよ、トイレなげぇよ」

貝塚八郎《はちろう》（そんな名前だったんだ……）が悦子の顔を見るなり言う。

「いやだ、貝塚さんって本当にデリカシーないですね。そんなんだからモテないんじゃありません？」

悦子は笑いながら言い返し、是永の隣の椅子に腰を下ろす。是永がボトルを持ち上げたので、悦子は自分の前のグラスを取り、注いでもらった。

乾杯をしたあと、悦子はテーブルの下でこっそりとさっき撮った写真を開き、漢字の間違いをしないよう「槙島祐」と打ち込んでネット検索した。そして数少ない候補の中に、悦子はおそらく正解を見つけた。

「景凡社文芸新人賞　最終候補作『大正紅葉坂《たいしょうもみじざか》コンチェルト』槙島祐《まきしまゆう》」

新人賞の最終候補作に残った人には、担当編集者が付くのだと以前米岡に聞いたことがある。今は経費節減で付かない賞のほうが多いが、景凡社の新人賞には付く。そして各担当が候補者と二人三脚でブラッシュアップした原稿が選考会に出され、受賞作が決まるのだ。

悦子はブラウザを閉じ、今一度頭の中でこの家に来てからのことを整理した。そして、言った。

「槙島さん、取り皿もう一枚いただけます？」

どちらが返事をするか、賭けだった。

「あ、はい、ちょっと待ってくださいね」

条件反射か、ごく自然に飯山は言って席を立った。悦子はその背中に問う。

「ねえ飯山さん、槙島さんって誰ですか？」

私は　そこから　動けない　救助を　ウェイティング

玄関に放置された郵便物の宛先、郵便番号欄には389-0111とあった。外の電信柱の表示板に、「○○町13」と書かれていた。地下の部屋に入ってすべてを思い出した。

――私わたしは今、ゆっくりと、しかし確実に死へと向かいゆくこの国の片隅、TS居住区13P389111の、アンティークなサイバーカフェからこのテキストを打っている。

PがPLACEかPOSTALだとしたら、連載第一回に書かれていた番号と一致する。

「その袖の赤いの、血だと思ったんですけど、万年筆の赤インクですよね」

悦子は白い顔を更に白くした飯山に問うた。

「え、ちょっと、槙島って、うちの最終候補の槙島祐？」

何がなんだかぜんぜん判ってない貝塚は、悦子と飯山の顔を交互に見て尋ねる。

「は？　何、どういうこと？　リサおまえ、何？　何したの？」

こちらも、ある程度は察したのだろうが、事態をほとんど判っていない森林が立ちあがる。是永は不安そうな顔をして緊張感漂う人々を眺めている。

「ねえ貝塚、槙島祐本人と会って打ち合わせした？」

「いや、家が遠いしタイミング合わなかったから手紙とメールでやりとりしてるけど？　って、なんで俺が担当だって知ってんの⁉」

「ちょっとうるさいから黙っててくれる!?」

「おまえが訊いたんだろうが！」

　森林は表情をなくして飯山を見つめている。飯山は黙って下を向いている。とりあえず、今は早くここから帰りたい。何故なら鎮痛剤の効果が切れてきた。うかつなことに予備を貸別荘に忘れてきた。悦子は森林に向き直り、言い通す。

「ねえ森林さん、今『週刊K-bon』でやってる連載の、主人公の名前と彼が住んでる場所ってどこでしたっけ？　私あのページの校閲担当なんですけど、毎週楽しみにしてるんですよ。ナショナルクラウドの仕組みとか、どうやってお勉強されたんですか？　いま私『彼』って言いましたけど、これ実はひっかけであなたがそのまま答えたら『テトラは彼じゃなくて彼女でしょ！』って言うつもりだったんですけど、なんかもうめんどくさいからぜんぶ端折《はしょ》ってお尋ねしますけど、ていうか、あなた、あの小説書いてませんよね」

　凍りついた表情の森林が何か言葉を発するより前に、飯山が悦子に向かって膝をつき、頭を床に擦《こす》りつけた。

「申し訳ありません、ぜんぶ私のせいなんです！　木一さんは何も悪くないんです、私が勝手にやり始めたことなんです！」

「別に誰が悪いなんて言ってませんし！　作家がゴースト使おうがその恋人がゴーストやろうが私の知ったこっちゃありませんし、それがどんな理由だろうと興味もありませんし！」

思わず悦子は語気を荒らげた。嗚呼、腹が、腹が痛い。帰りたい。ヤクをくれ。

「ただねえ、私あの連載毎週すごい楽しみにしてるんですよ！　でもあんな助けを求めるようなメッセージ毎回入れられたら気が散るんですよ！　助かりたいなら自分でどうにかしなさいよ！　あなたたちふたりのあいだにどんな事情があるのか知らないけど、そっちの問題なら版元にまで迷惑かけないでよ！　あと飯山さん、その服ひどい！　森林先生、飯山さんを妻と思ってるならもうちょっとまともな服、せめて客が来るときくらいはちゃんとした服着せてあげてくださいよ！　信濃のプリンスなんでしょ⁉　ならシンデレラにはちゃんとガラスの靴を履かせてあげなよ！」

ほぼ一息で、悦子はまくし立てた。どっかで止めてくれよ貝塚。息が切れたよ。悦子の予想に反し、先に立ちあがったのは是永だった。

「河野さん、帰ろう」

「うん、帰りたいです」

是永は悦子の肩を摑み、テーブルから離れた。慌てて貝塚も席を立ち、状況を理解していないであろうまま、ふたりのあとを玄関までついてくる。

「え、なんなの、どういうことなの？」

「森林先生に訊いて。でも何があろうとK-bonの連載はつづけさせて。最後まで読みたいから。たぶんそういう読者は私のほかにもいっぱいいるから」

靴を履き終え、扉を開けて門扉まで歩いていたらうしろから飯山が走ってきてふたりを呼び止めた。

「あの、これ、もしよろしかったらお持ちください」

彼女は慌てて詰めたであろう、コロッケのたくさん入ったプラスチック容器を悦子に差し出した。

「ありがとうございます」

悦子がまだほかほかしているそれを受け取ると、飯山はまた頭を下げる。

「本当に、私が勝手にやったことなんです、ライトノベルから一般文芸に移って、どんどん書けなくなっていくあの人を見ているのがつらくて、出来心で一冊私が書いたら、それが意外に売れてしまって」

まったくもって興味なかったが腹が痛すぎて、どうでもいいです、と突き放す気力もなく悦子は女の訴えを聞いた。

「でも、だんだん『自分の名前で本を出したい』って思いが強くなってきて、ダメモトで新人賞に応募してみたら、最終に残ってしまって、でもあんなに改稿を求められるものだなんて知らなくて、しかも貝塚さんからは『必ず受賞させるから二作目を書いておけ』って言われて連載の原稿がつらくなってきてしまって、それで」

「……救助をウェイティングしたわけですか」

「申し訳ありません、貝塚さんに気づいてもらいたかったんですけど」

「あいつは気づかないでしょうね……」

今後ふたりがどうするべきか、悦子は口を出すつもりもないし出せる立場でもない。しかしこんなみすぼらしい服しか着られない生活で、それでも逃げずに日陰の女、というか日陰の存在として生きてきた彼女の思考の一端だけは知りたくて、悦子は尋ねた。

「何があなたをそうさせるんですか？　森林さんのどこがそんなに好きなんですか？」

飯山は間髪を容《い》れずに返した。

「顔です」

おお同志よ！　しかし彼女の答えはそれだけでは終わらずに熱を帯びた。

「あとあの、儚げなのに気高い感じ。もう禿げてきちゃってるのに、相変わらずのジルベール感。私むかし飯山リサってペンネームで木一さんをモデルにした女王様受けオリジナルBL書いて即売会で売ってたんですよ。あの人は私がずっと追い求めてきた理想の受けそのものなんです、私はシンデレラじゃなくてあの人の下僕でいいんです、傍にいられるだけで幸せなんです、入籍なんて恐れ多い、ジルベールは誰とも結婚なんかしちゃだめなんです」

うん、よく判らないけど……同志……なのかな……？

生理が来てしまったことを発端に、なんだかいろいろとうまくいかなくてヤケクソ気味だったのもあるが、貸別荘に戻って中毒患者のような勢いで鎮痛剤を飲んだ悦子を見て、是永は「もしかして体調悪かった？」と気づいてくれた。

「すみません、言い出せなくて。今ものすごくおなかが痛いんです」

もう、どうにでもなれという気持ちで悦子は答えた。

「そっか、気づかなくてごめんね。無理させちゃったね」

広いソファの、さっきと同じ場所にふたりで座り、悦子が痛みの遠のくのを待っていると、是永の腕がおずおずと伸びてきて肩を抱いた。

「河野さん、ありがとうね」

「……是永さんにお礼を言われるようなことは何ひとつしてないと思うんですけど」

「うん、でも、景凡社にいてくれて、それをきっかけに自分と出会ってくれてありがとう、って思って」

……意味が！　判らない！　否、生まれてきてくれてありがとう系のＪ‐ＰＯＰな気持ちを伝えられている事実は判るが、今このタイミングでそれを言われる意味が判らない。

「自分にも、ああいうふうに、さっきみたいに接してくれていいよ。たぶん作家だから遠慮してたでしょ。ていうか、ああいうふうに接してほしい、誰に対しても自分の意見を伝えられる河野さんが好きだから」

「女子大のゼミ合宿で現ナマ賭けて夜通し花札してたような女ですよ。どん引いてたじゃないですか」

「ちょっとびっくりしたけどね。でもだいたいの女の子ってそんな感じなんだよね、きっと」

いや、うちのゼミのほかにそんなの聞いたことないです、と答えようとした悦子のところに、数秒前スルーした「河野さんが好き」という言葉が回転しながら飛んできて、おでこの真ん中あたりに突き刺さった（比喩）。

「え⁉　好き⁉」

「うん、好き。大好き」

肩に回った是永の腕に力が籠もる。悦子は下っ腹の痛みを堪《こら》えながら、その胸に身体を預けた。これは、ありのままの私を受け入れてくれたってことでいいのか？　でもありのままの私ってなんだ？　悦子が何も言えないでいたら、是永はぽつぽつと言葉をつづけた。

「今、自分どの仕事も中途半端で。作家になって五冊本を出せたはいいけど、ぜんぜん売れないし作家の収入だけじゃ食えないから、モデルもつづけなきゃいけなくて、でもモデルの仕事が嫌いなわけじゃないし、こっちも収入は不安定だし、手っ取り早く稼げるカフェを辞めるわけにもいかなくて。もう二十五歳も過ぎたから真剣に将来考えなきゃいけない時期に来てて、いろいろと悩んでたんだ、最近」

「そうでしたか」

「森林さんみたいに作家で成功してる人ってどういう人なんだろうって、興味があったから招待を受けたんだけど、河野さんの推理が当たってたら、あの人も成功はしてなかったんだよね」

「いや、推理なんて大層なもんじゃなくて、校閲してたらたまたま変な訴えを見つけただけで、でもそれが是永さんの心を軽くするのに役立ったならよかったです」

薄い胸に手を触れると、呼吸のため微《かす》かに動く骨と、その中で打つ鼓動を感じられた。あ、この人、生身だったんだ、と悦子は当たり前のことを思った。と同時に顔という扉が開いた。

「なんでも、言ってください。是永さんのことなんでも知りたい」

「じゃあ、幸人って呼んで。そっちが本名だから」

ゆきと、と声に出して呼んだ。是永の唇が、えつこ、と答えた。ポケットの中でスマホが震えた。半分だけ取り出して番号表示を見て、貝塚の番号らしきものが見えたのでそのままポケットに戻した。肩にあった手が頭を撫《な》で、頬に触れる。指先の心地よさに目を瞑ったら、本日二度目のくちづけをされた。もうさっきみたいに取り乱さなかった。もっと扉の奥まで入りたい。もっと知りたい。

……そういえば飯山が言ってた「女王様受け」ってなんだろう。あとで調べよう。

第三話
辞令はある朝突然に
前編

悦子の研修メモ　その15

【キャプション】　対象物を説明するための文字列。写真とかの下に小さい文字で入っているやつ。「見出し」の意味もあるが雑誌や単行本だと見出しは「キャッチ」と呼ばれることのほうが多い。

【リード】　記事のタイトルのあとなどに100文字くらいで載っている、記事全体の前振りみたいなところ。

【本文】　読んで字のごとく。次のページから始まるのも「本文」ですよ。

昨今、出版社が新卒採用を行い合格者に内定を出し、最終的に入社する人数をご存じだろうか。有名どころの大手だと、昨年の明壇社は十七名、燐朝社は三名、冬虫夏草社は二名、河野悦子が勤める景凡社の場合、悦子の入社年は六名で、昨年は三名に減った。少ないところだとひとりとかゼロの場合もある。出版業界に属さない市井の人が社名を認識しているであろう出版社だけに限れば、全体でも百人には届かない。そんな少人数であれだけ多くの出版物を作れるのか、と社会に疎《うと》い人だと疑問に思うかもしれないが、実は出版社は他業種からの中途採用も多い。そして世の中には外注や下請けや分業という仕組みがある。

出版社ではなく他業種に置き換えてみれば、たとえば大手キー局「帝国テレビジョン」のとあるバラエティ番組の場合、ヘッドプロデューサーと司会アシスタントの若い女性アナウンサーだけが帝テレの正社員で、プロデューサー以下の制作スタッフ五十人は全員外注である。この番組の場合はテレビ局に企画を提出し、通った企画を映像にしてまるごとテレビ局に売る「制作会社」の存在によって成り立っているのだが、局主導の番組でも、スタッフ全員派遣社員という例はある。また、制作会社も人を短期で雇う。カメラマンやタイムキーパーなどはその道のプロがいて、だいたいがフリーか、その道の事務所に所属していて必要なときに雇われる。

テレビ業界と同じく、IT業界も下請け、孫請け、ひ孫請け、玄孫《やしやご》請けくらいまですそ野の広がるピラミッドで成り立っているそうだ。悦子が以前校閲した、限りなく実話に近いIT業界の小説では、大手ベンダーが月額二百万円で人を募集し、七社の中抜きの末手元に来るのは額面月三十万円という報酬で主人公がプロジェクトを請け負っていた。そして社名の入ったプロジェクトの責任者をしているはずの主人公は名刺を持っていなかった。これはさすがにごじゃっぺゆってっぺ（いいかげんなことを言ってるだろう／栃木弁）、と思って調べたらそういうケースは過去、多く存在していたことが判明した。

出版という狭い業界のピラミッドの頂点に立つのが「大手出版社」である。前述の例に当てはめれば「大手キー局」や「大手ベンダー」と同じ立ち位置で、出版社の場合は制作会社ではなく「編集プロダクション」略して編プロが存在する。大手プロダクションの場合は出版物の企画、取材、撮影から校正まですべて請け負う。この場合、出版社はお金と口を出すだけだ。ほかにも、取材や原稿作成だけを専門とする編プロもあり、校正・校閲だけをしている会社も編プロと呼ばれることがある。

景凡社も例外ではなく、編プロやフリーの人材をフル活用している。悦子が現在校閲を担当している『週刊K-bon』の編集部は社員が二十人、しかし契約している記者やライター、カメラマンを合わせると二百人くらいになるそうだ。女性ファッション誌も同様で、数人の編集部に対して、日常的に編集部とやり取りを行うライターがどの雑誌にも約二十人いる。『C.C』にはインターンの大学生を含めると四十人いる。外部の人間なくして、雑誌や書籍は成り立たないのである。以上の事実を踏まえて、物語の駒を進める。

五月下旬、臨時の人事異動が発表された。異動対象は三人、悦子は社内掲示板に貼り出された人事発令を、信じられない気持ちで見つめていた。

六月一日付けで以下の通り辞令を発する。

記

河野悦子（旧所属）校閲部　新所属）Lassy noces 編集部

たぶん二十秒くらい見ていたと思う。一瞬でも目を逸《そ》らしたら消えてしまう夢なのではないかと、しばらく瞬《まばた》きもできなかった。

『Lassy noces《ノース》』は、悦子が憧れつづけてきた『Lassy』の、結婚情報に特化した季刊増刊である。昨年創刊し、今までに三冊出ていて来週四冊目が出る。編集長は『Every』の副編集長だった楠城《くすのき》かづ子《こ》、編集部員はぜんぶで五人、しかしそれ以上の情報を悦子は持っていなかった。何故なら未婚の自分がノースに配属されるとは夢にも思っていなかったからだ。

瞬きしてもそれは消えなかった。どこか心が遠くにあるような感覚ながらも、ようやく、夢が叶った、と思った。

「おめでとう、いつでも校閲部に戻ってきてね」

部屋に入るなり米岡に言われた。二度と戻ってこないから、と言おうとして悦子はやめた。それなりに、少しだけ、一ミリくらいはこの部署から離れるのが寂しかったからだ。するとちょっと遠くからエリンギの声も聞こえてきた。

「僕は河野さん外に出したくないんだけどなあ、うちにいてほしいんだけどなあ」

「え、何それパワハラですかセクハラですかどっちですか、私のこと好きなんですか、迷惑なんですけど」

「うわあ、ゆとり世代マジめんどくさい」

「好きでゆとってるわけじゃありませんから！　五十代のオッサンが『マジ』とか言わないでよ、痛々しいから！」

嗚呼《ああ》、こんなやりとりできるのもあと数日か、寂しいなあ、という感傷はしかしながら、時間が経つにつれて湧きあがってきた『Lassy』の冠を戴《いただ》く雑誌に異動できる喜びによって遥かに凌駕《りょうが》され、悦子は一日中ニヤニヤしていた。

そして数日後の六月一日、悦子は『Lassy noces』編集部に迎え入れられた。女性誌編集部が集まっているフロアではなく、ひとつ上の実用書や芸術関連の編集部が入っているフロアで、人数に対してわりと広いスペースを与えられていた。

「よろしくお願いします！」

月初は定時出社日らしく、編集部員が五人と常駐のアルバイトがふたり、全員が九時に出社していた。その中で悦子は深々と頭を下げて挨拶した。憧れのアイドルに会ったときでもこんなにドキドキしないだろうと思うほど、鼓動が速い。

「河野さんの教育は綿貫《わたぬき》さんに担当してもらいますから」

編集長の楠城が言うと、綿貫と呼ばれたアラフォーくらいに見える女が悦子に軽く頭を下げて微笑《ほほえ》んだ。優しそうな顔には後光がさして見えた。

「河野さんは、ファッション誌のエディターよりもファッション誌っぽいね」

朝礼を終え、綿貫のあとについて編集部内や、レンタルしてきたドレスや小物を保管し、ときにはフィッティングなども行う「準備室」の中の説明を受けているときに言われた。新しい部署への初出勤だったため、気合を入れてデキる女ふうにブルー系のワントーンコーデで決めてきたのだが、褒められているのか嫌味を言われているのか不明だったので、悦子はただ笑った。

「あの登紀子《ときこ》さまにクレーム入れたんでしょ。一時期こっちでも噂になったわよ、すごい度胸の子がいたもんだって」

褒め言葉ではなく嫌味だった。一気に腋《わき》の下に汗がふき出す。

「あの、それは、本当に猛省しております」

「そうね。でも怪我の功名ってあるものなのねえ」

その言葉の意味は知っている。しかし今この場で出てくる意味が判らなかった。悦子がぽかんとしていたら綿貫は「あら、聞いてなかった？」とこちらも不思議そうな顔をした。頷《うなず》くと、綿貫はこの異動に関しての事実を話し始めた。

おつまみ全品二百九十円の居酒屋で、悦子は森尾と今井を前にテーブルの上に顔を伏す。森尾とは軽井沢で会って以来、一ヶ月ぶりくらいの食事だった。二週間前には何故か藤岩とふたりでご飯を食べ、賞味期限の切れた軽井沢のお土産をもらったついでに「くうたん」と結婚関連の話題で喧嘩した話を聞かされ（そういえば藤岩もあの日、軽井沢にいたんだった）、今井は何故か加奈子と仲良くなっていて、二週間に一度くらい彼女の作る鯛焼きを食べに悦子の家に来ているため何度か社外でも会っていたのだが、森尾とは久しぶりだった。

「根性論は嫌いだけど、悦子が死ぬ気で頑張れば残留できるかもしれないんでしょ、そんなに落ち込むことないって」

「私、インドでボリウッドダンサー百人くらい呼んで結婚式挙げたいんだけど海外ウエディング特集でインドやる予定ないですか？」

「ないですよ！　ノースはシックでエレガントな大人女子のためのウェディング雑誌ですから、インドはまずありえねえよ！」

綿貫曰《いわ》く、悦子はあくまでも臨時雇いなのだそうだ。元々常勤していたベテランの外部ライターが産休と育休に入ってしまい、一年くらいは仕事ができない。楠城がそのことを、長年付き合いのあるフロイライン登紀子に話したら、登紀子が悦子を推薦したのだという。

――あなたんところの校閲部に、気骨のありそうな若い子がいるわよ。

そう言って、登紀子は楠城に悦子からの手紙を見せたそうだ。そして楠城が悦子の素性を人事部で調べたら、半期に一度、Lassy 編集部への異動願いが出ていた。ならば試しに使ってみるか、ということだったらしい。

ざーんねん、と口を尖《とが》らす今井を、悦子は顔をあげて半笑いで見つめる。そんなふたりを見て森尾は思い出したように言った。

「あ、そうだ、そういえばあたし、伊藤くんと付き合うことになったから」

「……誰？　どの合コンに来てた人？」

「まあ、伊藤って名前の人はいっぱいいただろうけど、どの合コンでもなくて新入社員の伊藤くんです」

悦子は記憶からその名前を引っ張り出し、思わず答えた声は裏返った。

「……エルメスのイズミール⁉」

「マニッシュアローラってウェディングドレス作ってませんかね⁉」

「今井ちゃんちょっと黙ってて！　え、軽井沢で意気投合してそのまま盛りあがっちゃったパターンですか⁉」

「ええ、まさにそのパターンですね」

まーじーかー。悦子は予想外のなりゆきに手のひらで自分の額を叩く。たしかにちょっといい雰囲気だったけど、友達になるくらいだと思っていた。まさか付き合うなんて！

「伊藤くんて、あれですよね。なんかブータンの国王陛下みたいな人ですよね。受付では三十五歳の新入社員って呼ばれてますけど」

隣で今井は「マニッシュアローラ　ウェディングドレス」とスマホの検索ボックスに入力しながら尋ねる。ないと思う。

「昔そんな題名の医療ドラマだか学園ドラマだかがあったね、でもあの人二十三歳だから、あれで」

反論した森尾はちょっと考えたあと「似てるわ」と言ってふき出した。

「悦子は？　アフロとどうなった？　ベッド血まみれにならなかった？」

「ヤってませんから！　好きだとは言ってもらえたけどそれ以上進展してませんか

ら！」

「中学生かよ、いや今の中学生のほうがあんたより恋愛偏差値高いと思うよ」

「ていうか私はそんな話をしたいわけじゃないんだってば！　もっと真剣に私の将来のことを考えてよアミーケ！」

「Si dovrebbe pensare a mio matrimonio!」

「え？　なんて？」

そして話は冒頭に戻る。景凡社のファッション雑誌のほとんどで、編集部の社員は現場での実作業を行わない。もちろん誌面の土台は作る。机上での編集作業も行う。土台作りと編集作業のあいだにあるものは、社員が作らない。提出した企画が通ったら、担当する編集者がその企画にふさわしいフリーのライターやスタイリストに依頼し、撮影場所やモデルの手配などをする。撮影や取材現場では基本、立ち会いしかしないのが一般的だ。手が回らない場合は企画単位で編集プロダクションに丸投げすることもある。しかしながら。

――うちは、編集部員がぜんぶやります。あ、カメラワークや海外ロケのコーディネートだけはプロに頼みますけど、現場取材をするのも記事を書くのも私たち編集者が行います。スタイリングも私たちでやります。

その説明を聞いた悦子は、少なからずびっくりした。大好きなファッション誌のすべてに関れることは嬉しいのだが、果たして編集部員五人でそんな時間があるのだろうか。スタッフが四十人いる『C.C』でさえ、校了日の森尾は全体的に青黒くなっているのに。

——ちょうど来シーズンのコレクションの写真がいくつか届いてるから、河野さん、スタイリング考えてみて。二十パターンくらい。

綿貫は各メゾンの展示会で撮ってきたのであろう写真と、向こうから送ってきたのであろう新作カタログの束を持ってきて、悦子のデスクにどさりと置いたのだった。得意分野！　と打って変わって悦子は体温があがるのを感じた。そうよ今こそ私の実力を見せるときよ、頑張れワタシ！　一年ぽっきりで校閲に戻されるなんてまっぴらよ！　だが、写真を見て選んでいくうちに悦子は濃霧の中で迷子になったような感覚に襲われた。ドレス、どれも白い。靴、どれも白い。ベール、どれも白い。ヘッドドレス、だいたい白か銀色。ブーケ、花の名前が判らない。指輪、ほとんどダイヤとプラチナ。どれを組み合わせても正解だし、逆に不正解な気もして頭が朦朧《もうろう》とする。それでもどうにかして二時間くらいで二十通りのスタイリングを考え、悦子は綿貫に提出した。

――うん、なかなか良いわね。センスある、さすが。

綿貫の言葉に心の中でガッツポーズをして、なんだ、私やっていけるじゃん、と思った次の瞬間、その自信は一気に萎《しぼ》んだ。

――じゃあこのスタイリング全部に七十文字のキャプションつけてみて。花嫁さんに「着たい！」って思わせるような。ちゃんとドレスの特徴も入れてね。例えばこれはプリンセスラインが可愛くておとぎ話のお姫様みたいでしょ。こっちはロングトレーンがバージンロードに映えるわね。どんな結婚式をしたいか、どんな花嫁になりたいか、みんな考えてることは違うの。「ここのメゾンのドレスを着たい！」っていう花嫁もいるから、有名どころのドレスにはさりげなくブランド名も入れてね。

――無　理　で　す　！

とは、さすがの悦子も言えなかった。判りました、としおらしく答えてPCに向かい、キーボードの上に指を置く。しかし手首から先が石膏《せっこう》にでもなったかのように、しばらく文字が打てなかった。当たり前だ。悦子は今まで様々な文章を読んではきたが、書いてはこなかった。書こうという気もなかった。

「女性らしいフェミニンな」

やっとのことで書き出したものの、女性らしいとフェミニンは重複だと気づいてB

Sキーを連打する。

「オフボディのシルエットにエアリーなシフォンとチュールで」

……片仮名が多すぎる。

「乙女心をくすぐられるガーリーな」

これもおそらく乙女とガールが重複、というかシックでエレガントな大人女子のための結婚情報誌に乙女とかガーリーとかいう単語を果たして出していいのか。

結局、ひとつのスタイリングにテキストを付けるのに三十分はかかった。一時間と少しして綿貫が確認しにきたとき、まだふたつしかできあがってないキャプションを見て彼女はため息と共に言った。

——学生バイトでももっと早いわよ。それに文章が硬い。バックナンバー読んだでしょ？　うちではテキスト全部「ですます」調に統一されてたことくらい気づかなかった？

綿貫の指摘に悦子は愕然《がくぜん》として、何秒か声が出せなかった。そうだった、思い出してみればすべてのテキストが柔かな印象の「ですます」調だった。私、まがりなりにも校閲部出身なのに、なんでそんな初歩的なことに気づけなかったのだろう。

——……すみません、女性誌に来られたことが嬉しくて舞いあがってました。

――ずっとうちのファッション誌を読んできてるのよね？　どこを見てたの？

「うわ、きっつー。さすが綿貫さん、相変わらずおっかねえな」

森尾がわざとらしく身震いするような格好で天を仰いだ。

「ご存じ？」

「ご存じよー。読モやってたころ『E.L.Teen』にいた人だもん。二十代の若さでデスクになった女性誌の申し子。新人の人とかマジ怖がってたから」

「そっか……あの菩薩《ぼさつ》顔に騙《だま》されたよ……まあ、それで昼ご飯が食べられなかったんですけどね」

「ファッション誌は昼ご飯を普通の時間に食べられる日のほうが珍しいと思うよ」

今井は話に飽きたのか、メニューを見て店員を呼び、たたみいわしとうるめいわしを頼んだ。それがどんなものかおそらくお嬢様育ちの彼女は判ってないだろう。実際たたみいわしが運ばれてきたら「なにこれ紙じゃん！」と叫んでいた。

「ねえ、どうやったら記事書けるようになるの？　森尾も書いてるんでしょ？」

「うんー、慣れかな……。でも文章書くよりももっと大変なことこれからいろいろあると思うよ……」

複雑な顔をして森尾は口を濁す。たしかに、まだ一日目だ。それなのに既に壁にぶち当たった。すこぶる幸先《さいさき》が悪く感じ、悦子は深く重いため息をついた。

結婚に関して考えたためしもなかった。だから知識がまったくない状態で悦子はイチから結婚に関して学ぶことになる。たいていのカップルは、婚約して一年ほどで結婚式を挙げる。そのため、ノースでは今まで出版された四冊とも、すべて違う特集を組んだのだそうだ。一年購読すればすべての知識が得られるように。もちろんどの号にもドレスは載ってるし、式場も載ってるし、指輪も載ってるし、結納から結婚までのタイムテーブルも載っている。毎号付録には「Monsieur noces《ムッシュ》」も付く。号ごとに各事項に割くページの比重が違うのだ。

今月発売の号は式場だった。臨時ミーティングで集まったメンバーに向けて楠城が声を張る。

「いよいよ次は指輪です。営業部がたくさん広告取ってきてくれたのでドレスも多数載せます。タイアップの海外ロケもあるから。念のため訊くけど河野さん、パスポート持ってる？」

「持ってます」

「もしかしたらロンドンまで行ってもらうかもしれないから、期限が切れてないか確認しておいて」

憧れの「海外ロケ」という言葉に血が沸いた。森尾がときどき仕事で海外に行っており、いつも「フーン」と興味のない顔をしてきたが、本当は胃が痛くなるほど羨ましかった。所属する場所が違えばこんな普通に出てくる言葉だったんだ。

悦子が異動してくる前に既に編集会議によって次号の企画の大枠はできており、レジュメを受け取って中身を確認していたら、二回のノック音ののち扉を開けて部屋に入ってきた人がいた。

「あっ」

と小さく声をあげた悦子を、隣にいた綿貫が軽く睨み付ける。入ってきたのは『Lassy』本誌編集長の榊原仁衣奈《さかきばらにいな》だった。風も吹いてないのに裾が翻《ひるがえ》るGUCCIの今季のワンピースに、床に穴が空かないか心配になるほど華奢《きゃしゃ》な、ルブタンのピンヒール。むせかえるような香水の匂いが瞬く間に部屋中に充満した。今まで遠くから眺めるだけだった雲上人を間近に見て、匂いを嗅いで、興奮のあまり悦子は身体中の毛穴が開くのを感じた。

「榊原さん、今ミーティング中なんだけど」

「だから来たんですけど。次、ロンドンロケなんですってね。うちのタイアップとロケ場所まるっきりかぶってるの。楠城さんのほうで場所変えてくれない？」

「仕方ないでしょ、エアラインのキャンペーンも兼ねてるんだからこの時期うちの会社だけじゃなくどこの女性誌もロンドンよ、今更変更なんてできないのくらいあなたなら判るでしょ？」

「判ったうえでお願いしてるの。臨機応変って言葉ご存じ？」

編集部内の空気が音を立てて凍ったのが見えた。以前、森尾が言っていた。C.C編集部は平和だが、それよりも年齢層の高い雑誌はけっこうすごい、と。いま悦子はその「すごい」を目の当たりにし、息もできなかった。

楠城と榊原はどちらも引かず、二分くらいののち、榊原は編集部から立ち去った。緊張していて悦子はその間のやりとりを憶えていない。ガン開いていた毛穴は砂抜きに失敗したアサリのような勢いで閉じた。

二日後の日曜日、悦子は綿貫に連れられてインペリアルホテルのブライダルフェアを訪れた。厳密には、ブライダルフェアが始まる前の午前八時の宴会場に、カメラマンと共に訪れた。これまで完全土日休みだった悦子は、当たり前のように休日に仕事が入ることにまず驚いたのだが、綿貫もカメラマンも何も疑問に思っていない、むしろそれを休日出勤だと思っていないことにも驚いた。

綿貫から紹介され、ブライダル担当者から受け取った名刺には「宴会部　林牧夫《はやしまきお》」とあり、結婚式が「宴会」とひとくくりにされることを初めて知った。ならば部長は宴会部長か、なんか愉快だな、と笑いそうになっていたら、

「河野さん、ここの記事を書いてもらうから、きちんと雰囲気を憶えておいてね」

と綿貫に言われ悦子は背筋を伸ばす。宴会部・林はそんな悦子に笑顔を向けて「よろしくお願いします」と頭を下げた。そして高砂《たかさご》（新郎新婦が座る席）から、フロアをひと廻《まわ》りしながら今回のフェアの特徴を説明していった。メモを取っていたら逆に憶えられないなと思い、悦子はすべてを己の脳の可能性に賭けた。カメラマンが会場内の写真を撮り、それを綿貫と林がタブレット上で確認し、双方納得のゆく写真が撮れたあとは衣裳室に向かった。

「うわぁ……」

思わず悦子の口からはため息が漏れた。先日イヤになるほどドレスの写真を見たが、実際目の前でトルソーが纏《まと》ったウェディングドレスは、アメリカンスリーブのデコルテにAラインのスカート、きらきらとオーロラ色に輝く小さなビーズとスパンコールが一面花の形に縫い付けられ、非日常感も伴って本当に綺麗だった。

「いいですね、媒体の方にこういう反応してもらえるの」

背後で林が、初孫を見るような顔で悦子を見ていた。

「だって、本当に綺麗です。アメリカンスリーブのドレスって珍しいし」

「ありがとうございます。そのビーズもぜんぶ、国内の工場で手作業で縫い付けてるんですよ」

トルソーはぜんぶで五体あり、どのドレスも手間とヒマとお金のかかった、インペリアルホテルの衣裳室にふさわしいものだった。レンタル料はすべて三十五万円を上回る。仕方なかろう。この素材と細工ならクリーニングだけで五万円以上かかる。

ほかの媒体も来るため、取材時間は多くは取れなかった。カメラマンにも別仕事が入っていたため、ホテルを出たところで別れ、悦子は綿貫と共に近くのカフェに向かい、朝食をとった。このあともう二軒、結婚式場のウェディングフェアに行く予定だ。

「校閲部って土日出勤ないんですってね？」

異動して初めて、綿貫が悦子のこれまでの職務について質問してきた。

「ありません。たまに国会図書館で調べものとかはしましたけど、残業もほとんどなかったです。部署から出るのも社内の資料室に行くときとかだけで」

思っていたより緊張していたせいか、悦子は運ばれてきたアイスティーを半分くらい一気に飲んで答えた。

「想像もしてなかったわ、同じ会社にそんな部署があるなんて」

「社内の人も何やってるかあんまり判ってない部署でしたから」

「そういう人たちも会社にいるのよね。あんまり日々意識しないけど、自分たちだけで会社を支えてるわけじゃないのよね」

言わんとしていることが判らなかったので悦子は黙って首を傾げた。ちょうどモーニングのプレートが運ばれてきたので会話も中断すべきタイミングだった。

「さっきの、インペリアルの林さんはウチみたいな新参の媒体にも丁寧に接してくれる素晴らしい人だけど、式場によってはイヤな人もいるから、顔に出さないようにしてね。あなたすぐ顔に出そうだから」

「……気をつけます」

悦子はまったく味がしないサラダを咀嚼《そしゃく》しながら、綿貫とどう打ち解ければいいのかずっと考えていた。とくに悦子の歓迎会的なものはなく、至極普通に今までとは違う部署に出勤している。部署の人たちも、悦子を受け入れているのか受け入れていないのか判らない。ただそこにいる「編集部員」として悦子を扱う。これが会社としては普通なのだろうが、温度三十九度の湯船みたいだった校閲部とは違い過ぎて、どうしたらいいのか判らないでいた。

そんな悦子の心のうちを見透かしたかのように、綿貫はふと手を止めて「どうかした？」と尋ねた。

「いえ、まだ慣れなくて。どう動けばいいのかとか」

「判らないことがあったらまず自分で考えるか調べるかなさい」

「はい」

「でも考える時間がないときは人に訊きなさい。うちは季刊だからまだ進行がのんびりしてるほうだけど、河野さんは本誌に行きたいのよね？」

「……はい」

「あそこは、戦場よ。考えてる時間なんてないの、反射で動かなきゃいけないの。本気で異動したいなら、まずノースでノウハウを学べるだけ学んでいきなさい。生き残る術《すべ》を知らないとすぐに死ぬわよ、戦場だから」

悦子は彼女の言葉を噛みしめるように聞きつつ、あれ、と思った。

「綿貫さん、Lassy編集部にいらっしゃったんですか？　森尾の話では、あ、森尾っていう同期がいるんですけど」

「知ってる、モーリィでしょ。キャサリンとモーリィ、当時はふたりともものすごく可愛かったわよ、なんか最近ふたりともだいぶくすんじゃってるけど」

意外にも懐かしそうに綿貫は笑った。表面的でなく、心から漏れ出たであろう彼女の笑顔を悦子は初めて見た気がして、なんだかちょっと心が解《ほど》けた。

「あ、はい。彼女の話では、E.L.Teen編集部にいらしたものだとばかり」

「それは入社してだいぶ経ってから。新入社員のときに配属されたのが『Lassy』だったの」

しかしわずか二年で綿貫はLassy編集部から異動になった。

悦子もその時代を知っているが、当時の『Lassy』は全年代の月刊女性誌で比べても発行部数一位を誇る、広告掲載料金が一番高額な雑誌だった。不景気の波が押し寄せてきてちらほらと雑誌の休刊が目につき始めたころ、休刊、廃刊などという言葉と一番無縁なのが『Lassy』だった。

「あの雑誌は、何もかも持ってる人じゃないと務まらないの。榊原さんみたいな」

「……」

判らないことは考えるか調べろ、と綿貫は言った。しかし調べるより訊いたほうが早い、もしくは調べてはならない案件もある。悦子は思い切って尋ねた。

「あの、榊原さんと楠城さんって、何か因縁があるんですか？」

「いんねん！　そんな言葉久しぶりに聞いた！　今度使わせてもらおう！」

何故か綿貫はその言葉に爆笑し、それが嘲笑や失笑ではなくただ単に楽しそうだったため、やっぱりこの人との付き合い方が判らない、と悦子は頭を抱えた。

そして夕方、家に帰って、というかアーケードを進み自分の住んでいる家を十メートルの距離で見てまた悦子は頭を抱えたい気持ちになった。店頭に加奈子が立って鯛焼きを焼いていた。

「加奈ちゃん……今日は帰ってくんないかなあ……」

暖簾《のれん》越しに声をかけると加奈子は顔をあげ、おかえり、の挨拶もそこそこに言った。

「えー、今からセシルン来るってよ？　彼氏と喧嘩したんだって」

「誰よセシルンって」

「今井さん、えっちゃんの会社の」

「いつの間にそんなに仲良くなったのよ、っていうか呼ぶなら自分ちに呼びなよ。私、仕事したいんですけど」

「喫茶店でも行けば？」

加奈子の言う「喫茶店」は、この商店街の中に一店舗しかないチェーン店のことだ。漬物屋と和菓子屋は異様に多いのに、喫茶店はそれひとつしかない。

「老人たちが嫁の悪口と孫自慢と持病の話ばっかりしてるあの店内でインペリアルホテルのウェディングフェアの記事が書けるとお思い⁉ っていうかここ私んちなんですけど⁉」

「大丈夫、えっちゃんはやればできる子！」

「そうそう、えっちゃんはやればできる子！」

他人の声が聞こえてきて、振り向くと今井が立っていた。相変わらず笑顔が激烈に可愛い。疲れのせいか、あるはずのない花が彼女の背後に見える。文句を垂れつつも悦子はなんとなくほっとして、肩から腰にかけての緊張がほぐれてゆくのを感じた。

当然のように今井は家にあがり込み、流し台で手を洗ったあとダイニングテーブルの椅子に座った。

「どうですか、新しい部署」

「うん、なんだか慣れなくて大変」

悦子も手を洗ってうがいをして、席について答える。

「ちょっとげっそりしてますもんね」

「マジかー。これからたぶんもっとげっそりしてくんだろうなあ」

「河野さんがそんなふうになるの、意外だったんですけど。ソッコー馴染んで楽しくやってるもんだと思ってたんですけど。分家とはいえ、ずっと憧れだった雑誌でしょ？」

「分家って、地主かよ」

今井の言葉に、ぼんやりとした既視感をおぼえた。否、この場合は既聴感とかになるのか、そんな言葉はないか、あとで調べる。焼きあがった鯛焼きを盆に載せて持ってきた加奈子が椅子に座り、お茶がないので仕方なく悦子が急須に茶葉を入れてポットからお湯を注いだ。

「カルチャーショックっていうか、同じ会社でも本当にやってることぜんぜん違うんだなって改めて思ってさ」

「そりゃそうでしょ、私だって河野さんが何やってたのか知らないし」

何を当たり前のことを言ってるの？　みたいな顔をして今井は鯛焼きにかぶりつく。そうだった。同じ箱の中で仕事をしていても、それぞれの役割は違うのだ。そして悦子が元いた場所はラプンツェルの塔のような場所だったのだ。以前森尾が言っていた「校閲ってほんとに外部から守られてるんだねー」という感想を思い出す。

「外に出れば戦場だったのかぁ……」

「そんな物騒な場所でもないよ、受付は」

「そりゃ今井ちゃんには誰も逆らえないし敵はいないだろうよ。今日言われたの、Lassy編集部は戦場だって」

その発言に今井と加奈子が詳細を求めたので、悦子は数時間前、綿貫から聞いた話を、なるべく正確に伝えた。

ノース編集長の楠城とLassy編集長の榊原は同期入社である。しかも同じ大学の出身者である。楠城は第一志望が景凡社で、榊原は第一志望の航空会社に落ちて景凡社に入社した。学部が違ったため、入社試験が始まるまでお互い顔も素性も知らなかったが、バブルまっさかりの当時、いわゆる「ワンレンボディコンギャル」として青春を過ごしてきた華やかなふたりはすぐに意気投合し、入社したあと年配の男性社員たちに「おみきどっくり」と呼ばれるほど仲良くなった。ところどころ出てくる言葉がイマイチ理解できず、悦子はこっそりと調べながら話を聞いていた。

今でも言えることだが、ギャル文化を生き抜いてきた女たちは強い。世間的には頭と尻が軽く見られることが多い、というかマスコミがそう刷り込んだせいでお年寄りたちにはそう認識されているが、ただ面白おかしく暮らしているだけでなく、遊びやバイトの中で大人たちと接する機会も多いため、将来的なことをわりと早い段階で考え始める。とくにバブルの時代には綿貫曰く「男にいかにお金をかけさせるか」でボディコンギャル同士が競っていたらしく、これは大変理に適《かな》っていると悦子は思った。自分の価値が目に見えて金額で判るのだったら、それが高額ならば将来的にどのあたりの男と結婚できるのかすぐに判るし、低額ならば早い段階から高望みをあきらめて手近なところで手を打つか、正しい自分磨きの方法を模索できる。他人の評価は自分では気づけない部分を見ているから、正しいことが多い。

悦子は感心して、思ったとおり口に出して伝えた。綿貫はまた笑った。

——そういう指標じゃないんだけどね。まあ、そういう考え方もあるのね、ゆとりって新鮮。

——あの、そしたら男の人の価値はどうやって測ってたんですか？

——乗ってる車と時計とかだと思う。

——車って都内で必要ですか？　地下鉄でどこでも行けるし、運送業の人じゃない限り、維持費とか考えるとタクシーのほうが安あがりじゃありません？　それに時間って携帯電話とかタブレットで判りません？

——当時は携帯電話なかったから。

——あ、そっか。

——すごい、こんなにジェネレーションギャップがあるものなのか。

楠城と榊原も、そうだった。比較的高値がついていたふたりは、早い段階から将来を見据えていた。ただし、楠城は職業婦人としてのキャリア、榊原はより条件の良い伴侶を捕まえるための就職先、と別の方向を見ていた。

当時、景凡社にはフランスのパリに提携支社があった。そしてそこに三年に一度、女性ファッション誌、男性ファッション誌、若い世代から各ひとりを選んで派遣する制度があった。楠城が景凡社を第一志望としたのは、この制度のためだったという。海外で視野を広げ、仕事に活かしたいと考えていた。初回の選考は入社して二年目だった。楠城は落ちた。そして三年後、楠城は再挑戦したのだが、そんなものに興味はなかったはずの榊原も何故かこっそりと試験を受けていた。そして、楠城が落ちて榊原が選ばれた。

——うわー。それはこじれますねえ。

——こじれたらしいわよー。で、さらにその三年が終わるころにパリとの提携が切れたの。だからフランス派遣は榊原さんでおしまいになっちゃったのよね。

「そんなことがあったのか、あのふたり」

興味津々といった様子で聴いていた今井が、一息つくと共に感慨深そうに言う。

「今井ちゃんも知らなかった？」

「なんか、仲悪いんだろうなって雰囲気は漂ってたけど、理由とか誰かに訊くのはタブーみたいな空気あるから」

たしかに、タブーなのだろう。綿貫も、楠城の口からこの話は一度しか聞いたことがないという。はらわたが煮えくり返るほど憎んでいるだろうに、楠城の口からは榊原の悪口は一度も聞いたことがないそうだ。だから、この話を知らない人も多い。悦子に話したのは、悦子が直接本人に尋ねたり、周りに訊きまわったりしないように、という配慮だそうだ。

「で、さらにつづきがあるのよ」

悦子が身を乗り出すと、今井も神妙な顔をして頷いた。言うなればここからが本番である。

三年後、榊原はパリのファッション誌でキャリアを積んで帰国した。元々はパイロットか野球選手か芸能人と結婚するためにエアラインに就職するつもりで、しかし就職試験に落ちたから薄いコネで景凡社に来た榊原は、何故かバリキャリコースのレールに乗る。社交的な彼女はパリで手広く人脈を構築し、ハイブランド・有名ブランド至上主義だった日本の若い女性たちに、「知る人ぞ知る」系の、しかもＯＬのお給料で手が出せる、知ってることでちょっと優越感を満たせる感じのメゾンを紹介し始めた。この当時はまだインターネットは主流じゃなかったため、帰国後に配属された『Lassy』に「ニーナのパリだより」という一ページのコーナーを作った。これが、ハイブランド一辺倒だった当時のＯＬ誌に飽きてきていた目が早い女性たちに受け、企画として当たった。「悦子のパリだより」や「登代子のパリだより」じゃ当たらなかっただろうが、パリだよりで、しかもニーナである。一年後にそのページは見開きになった。二年後には榊原仁衣奈責任編集で別冊付録がついた。そして三年後、同コンセプトの雑誌が創刊されたのである。


「もしかしてヴァンヌッフ⁉」

それまでぼんやりと聞いていた加奈子が意外なことに目を輝かせ、音を立てて椅子から立ちあがる。また床が抜けるからやめてくれ。悦子は彼女をなだめ、座らせた。

「なんで知ってるの加奈ちゃん、十年以上も前に廃刊してる雑誌だよ？」

「ガーリーの中では伝説の雑誌なんだよ。あたしも古本屋で見つけると買ってるの。

見てるだけで楽しいよ」

意外なところに読者がいたことに驚きを隠せない。というか加奈子の口から「古本屋」などという単語が出たことにも驚いた。そんな場所に行くのかこの子。

「え、えっちゃんあの雑誌の編集長と仕事してるの!? 超羨ましいんですけど！」

「加奈ちゃん今までの話聞いてた？ 私が仕事してるのは楠城さんのほう！」

「名前似てるからごっちゃになるよ！ もっと判りやすく説明してよ！」

「ぜんぜん似てないよ！ もっとちゃんと聞いて！ つづけるよ！」

創刊した『Vingt Neuf《ヴァン ヌッフ》』は好調だった。表面上のファッションよりも、どちらかというとライフスタイルやカルチャーに特化した若年層向け雑誌は当時あまり存在せず、売り上げは『Lassy』に及ばないものの、コアな読者層がつき、毎月必ず一定数を売り上げた。

――でもね、女性誌の編集者、しかも編集長クラスになっちゃうと、そこらへんの男じゃ満足できなくなっちゃうものなのね。編集長が女性っていうのもまだ珍しかった時代だし、当時の榊原さん、たぶんものすごい給料もらってたはずだから、男のほうがしり込みしちゃったんでしょうね。

悦子はその言葉に、先日編集部に来た榊原の姿を思い出す。言われてみれば、左手の薬指には指輪がなかった。そしてあの外見。悦子は胸が苦しくなるほどその装いに憧れるが、たしかに男目線で見れば、あれは確実にモテない。

——それで、榊原さんがパリでブイブイ言わしてるあいだに、夢破れた楠城さんはヌルっと結婚してたの。開業医と。

ブイブイ言わしてるってなんだろうか。どういう状況なんだろうか。二秒くらい考えたあと、綿貫の発言がそのへんを一回りして戻ってきた。

——……開業医⁉ 女性誌の編集者みたいな忙しい人が医者の嫁になれるもんなんですか⁉

——当時、楠城さん学芸の部署にいたのよ。美術書とか映画関連のムックとか作ってたの。だからそんなに忙しくなかったんでしょうね。その開業医の先代が美術品のコレクターだったらしくて、取材に行った先で見初められたんだって。

——なにそのトレンディードラマみたいな展開。あるんですか、そんなこと。

——あったのよ。で、結婚したのよ。まだ日本に入ってなかったグラフで婚約指輪作って、イタリアでウェディングドレスフルオーダーして、新婚旅行にヨーロッパ一周して、一年後には妊娠して、産休育休で合計二年間休んで、絵に描いたような幸せな奥様として職場復帰を果たしたの。それでまた一年後に妊娠して二年休んで、さらに幸せな奥様として職場復帰。もちろん子供はふたりとも幼稚園から大学まで一貫教育の私立です。

悦子はあまりにも自分とかけ離れた楠城の人生にくらくらした。今二十五歳だけど、結婚も出産も自分にとっては気が遠くなるくらい先の話だと思っていた。しかし今の話だと、少なくとも二十代のうちに楠城は両方経験している。なんて偉い人なんだ……。

——榊原さんと楠城さん、どっちが勝ちだと思う？

——どっちもどっちだと思いますけど、途中で人生入れ替わってますね。

——そうなのよ。それが、ええと、なんだっけ？　因縁？

因縁って言葉はファッション誌では使わないのかな。文芸だとしょっちゅう出てくるけどな。ちなみに類語は意外なことに、「宿命」とか「めぐり合わせ」とかでわりとドラマチックだ。「因縁」という単語じたいはマイナスイメージで使用されることが多いため、頻出の場合、代替の単語を探して提案する作業に手間取る。

——ノースは、社長の発案で創刊されたんだけど、なんにも知らない社長が楠城さんを編集長に指名しちゃって、その理由が「社内で一番幸せな結婚をした女性社員だから」って。これ以上のことは私も知らないから、本人に訊くような真似はしないでね。

——判りました。心して努めます。教えてくださってありがとうございました。

なんだか、話を聞いているだけで疲れた。悦子は深呼吸をして首をごりごりと回した。その様子を見ていた綿貫が、思い出したように言う。

——河野さんってちょっと変わってるって言われない？

——思われてるのかもしれませんけど、言われたことはないです。

——「いいなー」とか「うらやましいー」とか言わないのね、今の話聞いても。

——一度入っちゃったら受験の必要がない一貫教育は羨ましいです、心から。

——うん、そういう話じゃないね。

どういう話なんだろうか。とにかく話を終えたころには既に次のアポイントメントの時間が迫っていた。朝食代は経費で落ちるのかなと思っていたら落ちなかった。

今井が可哀想《かわいそう》な子を見るような目で悦子を見ていた。

「河野さんって、ほんと自分の興味の範囲内にしか反応しないよね」

「え、普通はそういうものじゃない？」

「羨ましがるポイントいっぱいあったよ、今の話」

しかしそのポイントを今井は教えてくれなかった。話を終えたあと一時間くらい愚にも付かない会話をし、今井は「なんかスッキリしたから帰る」と言って家を出ていった。加奈子も「おなか空《す》いたから帰る」と原始的なことを言って帰っていった。あの子さっき鯛焼き五つくらい食べてたはずなんだけど。

テキストを書くため、今すぐPCに向かわなければならないのだが、その気になれなかった悦子は迷った挙句、是永に電話をかけた。カフェのバイトかもしれないな、と思ったが是永はわりとすぐ電話に出た。

「えっちゃん、今日お仕事じゃなかった？」

「うん、ゆっくんもお仕事だと思ってたんだけど、お休み？」

くうたん・りおんたんと呼び合っているらしい藤岩のことを笑えないレベルでバカっぽい呼び方だけど、どうにも名前呼び捨てがふたりとも恥ずかしくて、こういう形で落ち着いた。

「ねえゆっくん、今日、先輩に言われたんだけど、私って変わってるのかなあ？　どっかおかしいのかなあ？」

「え!?　えっちゃん自覚ないの!?」

「……」

たぶんこの人も、自分が書いてる小説がすこぶる変わっているという自覚はないだろう。お互いさまだと思い、悦子はちょっと笑ってしまった。

「どうかした？　なんか変なこと言った？」

訝《いぶか》しむ是永の声が耳に心地よくて、もっと聞きたくて、悦子は耳に受話口を押し当てる。

「なんでもない。ゆっくん何してた？」

「原稿書いてたんだけど、行き詰まってた」

「そっか。私も書かなきゃいけないんだけど、行き詰まってる。まだ手も付けてないのに」

今日回った三箇所の式場は悦子に任された。もちろん綿貫が責任をもってチェックするが、大元の文章は悦子が書くことになっている。

「大変？」

電話の向こうで何やらガサゴソと音が聞こえる。呼吸が近くに聞こえてくるから、肩と顔のあいだに電話を挟んで何かしてるのだろう。

「うん、自分で文章書くのなんて入社試験の作文以来だから、作家の人やライターの人がどれだけすごいことやってるのかやっと判ったよ」

悦子も、畳の上に寝転がってもぞもぞとストッキングを脱いでパンツいっちょうになりながら答えたら、

「ねえ、えっちゃん、今から会えない？」

と是永が尋ねてきた。悦子はパンいちのまま飛び起きる。

「うん！　会いたい！　あ、でも記事書かないと……」

「お互いに切羽詰まってる状態で一緒にいたら相乗効果ではかどるかもしれないでしょ。自分いま服着たから、これからえっちゃんの家に行くよ」

なんて奇遇！　私はいま服を脱いだばかりです！　いや違うそうじゃない！

「ちょ、ちょっと人様をお呼びできる家ではないというか、お外で会うんじゃだめかなあ……？」

「えっちゃんがどんなところで暮らしてるのかそろそろ知りたいんだよね。男と一緒に住んでるわけじゃないでしょ？　ならどんな家でも大丈夫だよ」

男など当然おらぬ。掃除は昨日した。布団も干した。しかしそういうレベルでは語れない居住環境であることを、どう説明したらいいのだろうか。

でも是永は、軽井沢で初対面の人に向かって暴言を吐いた悦子に、ありがとう、好

きだ、と言った男である。もしかしたらなんの問題もないかもしれない。万が一、男女の営みになだれ込んだ場合、そして是永の行為がわりと激しめな部類の場合、家が倒壊する恐れがわずかにあるが、一緒にいたら仕事がはかどるかもしれないと思って来るだけだもんな。営まないだろうな、ならば大丈夫だろう。

「判った、じゃあ、駅に着いたら電話して。迎えに行くから」

三十分くらいで着くと思う、と弾んだ声で是永は言い、通話を切った。

そして予想通りの展開になった。家の前まで来た是永は、扉の前で、というか店先でポケットから鍵を取り出した悦子の腕を摑んで止めた。

「え、家……？　これ、なんかの店じゃないの……？」

「ここです、元鯛焼き屋ですが今は私の住居です」

渋すぎる商店街に、超絶イケメンのアフロは目立ちすぎた。道行く人々がじろじろと悦子と是永の姿を無遠慮に見ていく。芸能人じゃないの、みたいな声も聞こえてくるので、悦子は扉を開けてまだ何か言いたそうな是永を中に入れた。

「……実家だっけ？　上がって平気？」

「ううん、実家は栃木。ここは月額六万五千円で私が賃貸契約してるの」

「やっす！　都内で戸建てでその値段!?」

「だから人を呼びたくなかったんだよ……」

「いや、すごいよえっちゃん、やりくり上手だよ、惚《ほ》れ直したよ！　前に雑居ビルの屋上にあるプレハブに住んでる女に惚れる男が出てくる小説読んだけど、その男の気持ちが判ったよ今！」

さすがにプレハブとは一緒にしないでほしい。ていうかやっぱりこの人も変だ！

第四話
辞令はある朝突然に
後編

悦子の研修メモ その16

【タイアップ】 雑誌の記事に擬態している広告。パッと見広告っぽくないので、キャプションやキャッチを確認しないと広告だと気づかない。取り上げている商品が全部おなじメーカーのものだ、といった場合はタイアップの可能性が高い。

【純広告】 擬態してない広告。ブランド名や社名や商品名が目立つ位置にどーんと出てる。

六月某日、月曜日早朝。今にも雨を降らせそうな重苦しい曇天《どんてん》とは裏腹に健やかな気持ちで悦子は目覚め、同時に家が倒壊していないことに安堵した。起き上がった悦子は、タオルケットとシーツのあいだから細い腕と足をはみ出させて寝ている男の顔を、薄いカーテンの隙間から漏れる鈍い光の中、しばし眺める。

セカンドバージンもいいところだ。長期に亘《わた》り放置していたためいつの間にか崩落してふさがったトンネルの、二回目の貫通式という感じだった。それが、この部屋。ちょっと素敵なホテルとかではなく、激しい人だったら家が崩れるんじゃないかと心配をしてしまうような、この部屋。悦子的にはまったく問題ないのだが、問題ないと思う自分が、女子として問題ありなんじゃなかろうか。

「……おはよう」

突き刺さる悦子の熱視線に気づいたのか、うっすら目を開けてまぶしそうに顔を顰《しか》めながら、是永がかすれた声で言う。

嗚呼《ああ》、憧れの朝チュン！（作品内で性行為を描く際に直接その場面を描かず、暗転や場面転換などをはさんで朝のシーンを描く事で、暗にそういった行為があった事を表現する技法。朝チュンの「チュン」とは朝方に鳴くスズメの鳴き声であるとされている。「ニコニコ大百科」より）

「おはよう、背中痛くない？　布団硬くなかった？」

「うん……ちょっと痛いかな」

ベッドなどというものは当然ないので、畳に敷いた薄い布団の上でまぐわって寝て起きた。

「朝ごはん、目玉焼きくらいしか作れないけど、それでいい？」

「うん、もうちょっと寝てていい？」

「判った、できたら起こすね」

タオルケットの中でもちゃもちゃになっていたパンツとTシャツを探し、身に着けて布団から出ようとしたら手を引っ張られた。ありがとう、と言って是永は悦子の頬にくちづける。

「河野さん、その顔どうにかしなさい、だらしない」

綿貫に怖い声で言われ、悦子ははっと顔をあげる。

「えっ、お化粧はげてますか⁉ すみません！」

「違う、顔の筋肉がだらしない具合に緩んでる」

ひどいことを言われている。しかし悦子はみじんも傷つかない。自身が幸せなおかげか、花嫁の幸せにも寄り添うことができて、今日は記事の執筆がはかどっていた。そうこうしているうちにアルバイトのふたりが大荷物を台車二台に載せて編集部に戻ってくる。

「明日の撮影ぶんです、このまま準備室に入れちゃっていいですか？」

「ご苦労さま、お願い。河野さんも手伝って、あと靴の裏張りやっといて」

裏張り……？　意味が判らずぽかんとしていたら、アルバイトのふたりが「教えます」と言って手招きした。

準備室は徐々に埋まりつつある。壁際のラックには普通の服よりも遥かに嵩張《かさば》るドレスやベールがかかり、空いたスペースには靴の入った箱がうずたかく積まれる。アルバイトの間宮《まみや》はその箱のラベルを確認してひとつ抜き取り、蓋を開けた。

「これ、サンプルじゃなくて商品で、ソールが革張りなんです。サンプルならやらなくていいんですけど、商品を野外の撮影に使う場合はソールと本体を保護するために裏張りをするんです。傷つくと買い取らされることがあるんで、絶対に傷はつけちゃダメです」

「……はい」

めんどくさそうだな、と思ったら実際にその作業は非常にめんどくさかった。慣れた手つきでフェルトを靴の形に切り、ギリギリのところで細い養生テープで止める間宮の見よう見まねでやってはみたが、

「そんなに上に貼ったらテープが見えちゃう、それに革張りのところにテープ貼ったら靴底の塗装がはげるからダメです」

間宮の指摘は容赦なかった。おそらくつまらなそうな顔をしていたのであろう悦子に、間宮は言う。

「これはどこの雑誌でも通る道です。ただ、新入社員以外の社員さんがやるのはノースだけです」

「……」

ファッション雑誌の編集者って、もっと違う感じじゃなかったっけ？

数日後悦子は初めて「撮影」に同行した。綿貫の担当している企画だ。幸い外は晴れていて野外撮影も行われる。早朝五時に社屋に集合し、まだ日の昇り切らない中、モデル、編集者、スタイリスト、ヘアメイク、クライアント企業の宣伝担当と広告代理店の担当営業の乗ったロケバスは神奈川県の海沿いにあるビーチハウスのような撮影スタジオ兼レストランへと向かった。まだ比較的新しく、人気のあるスタジオだ。海をバックにビーチで結婚式の様子を撮影するプランで、ドレス五着に加えて小物類も多かったためバスは三台にもなった。

六時半前にスタジオに到着し、悦子はロケバスのドライバーと共に撮影のセッティングをする。バージンロードに見立ててビーチに白く長い布を敷き、目立たないよう固定をし、スタジオからテーブルセットを運んで花を飾り、張りぼての十字架を海を背にして配し、準備が整ったあと綿貫に報告しに行った。スタジオの中ではヘアメイクとスタイリストがモデルを相手にそれぞれの仕事をしている。私、今、ファッション誌で仕事をしている、という実感が初めて湧いた。

「お疲れさま」

珍しく綿貫からかけてもらえたねぎらいの言葉は、ドレッサーの前に座っているモデルの顔を鏡の中に見た悦子の耳を素通りした。当日のタイムテーブルばかりに気を取られていて企画書の該当項目をよく確認していなかった。今日のメインモデルは西《さい》園寺《おんじ》律子《りつこ》、悦子が昔大好きだった『Lassy』専属モデル西園寺直子《なおこ》の十歳年下の妹だったのだ。瞠目《どうもく》している悦子に怪訝《けげん》そうに綿貫が尋ねる。

「どうしたの？」

「いえ、私、西園寺直子さんのファンだったんです」

「あなたの年代だともう直子ちゃん卒業してたと思うんだけど」

「高校のころから読んでたんです。本当にお姉さんそっくりで、綺麗」

悦子は小声で答えたつもりだった。しかし綿貫は悦子の口を手のひらで押さえた。

「それ本人の前で言っちゃだめだからね。ものすごく仲悪いから」

小声で綿貫は耳打ちし、悦子は頷《うなず》きつつも「嘘でしょ⁉」と叫びたかった。年の離れた妹とはとっても仲良し、的な言葉がよく彼女のブログには書いてあったのに。

準備を終えた律子と新郎役のモデルを綿貫が誘導し、悦子もうしろから律子が纏《まと》うドレスの裾を抱えあげてついてゆく。カメラテストは既に終わっていて、撮影はすぐに始まった。一着につき、撮影と衣裳・ヘアメイクチェンジを含めて三十分。全部で五着だから二時間半。それ以降はほかの撮影隊が同じスタジオを使うため、押しは許されない。

二着目までは順調だった。カメラマンが頑張ってくれて五分の巻きだった。しかし三着目の撮影の最中、律子は突如、砂浜に駆け出して行った。レンタルしている二十六万円の靴を履いたまま。あっけに取られる新郎役モデルのレオナルドとスタッフたちに向かって律子は叫ぶ。

「このドレスならぜったい動いてるほうがいい写真撮れるって！　ほら、カメラさん撮って！」

一瞬にして、靴底の裏張りは外れて、スワロフスキーのちりばめられた華奢《きゃしゃ》なパンプスは砂に埋もれた。慌てて綿貫とカメラマンが追いかける。

「律ちゃん、戻って！」

「いーやー!!」

クライアントと代理店は呆然《ぼうぜん》と見ているだけだ。律子をこのタイアップに指名したのは彼らなので、何も言えないのだろう。悦子は履いていたサンダルを脱ぎ、裸足で律子を追いかける。さすがに裸足なのでわりとすぐに追いつき、腕を摑んだ。

「すみません、もう画《え》が決まってるんです」

「そんなの変えればいいでしょ」

「それを決めるのはクライアントです」

「クライアントがあたしを指名したんでしょ、なら大丈夫だって」

「ぜんぜん大丈夫じゃないし、走りたいなら全部脱いでから裸で走ってください！　ドレスと靴のクリーニングにいくらかかると思ってんですか！」

「河野悦子！」

　追いついた綿貫が、悦子を律子から引きはがす。悦子は我に返り、自分が何を言ったのか思い返して背中に冷たい汗が伝った。

「綿貫さん、なんなのこの人、超怖いんですけど」

「ごめんね律ちゃん、この子新人で。今日は許してやってくれる？」

　綿貫が律子の肩を抱き、なだめすかしながら元いた場所に戻ってゆくうしろ姿を、悦子はぼんやりと見ていることしかできなかった。

　律子がそのあと三十分ほどぐずったのと、やる気を出さずに良い表情を撮れなかったおかげで撮影は一時間押した。あんなことがあったのに綿貫は平然と、淡々と、撮影を進めていった。

「ああいうのはよくあることだから。直子ちゃんはもっとひどかったわよ」

悦子が謝罪したら綿貫は言ったのだが、それよりも問題は、ノースのあとにこのスタジオを使うのは『Lassy』本誌だということだった。

午前十時少し前に本誌のロケバスがスタジオの前に到着し、担当者が中を見に来て呆《あき》れた顔で言った。

「まだ終わってないんですか、時間守ってくださらないと困るんですけど」

彼女に対して綿貫はひたすら謝り倒し、クライアントにも謝り倒し、どうにか午前十一時過ぎにノースの撮影隊はその場を撤収することができた。たかが数時間で悦子は今まで経験したことがないほど疲弊した。

正午過ぎに帰社したあとは休む間もなく記事を書く。次号は指輪特集である。編集長の楠城が以前「いよいよ次は指輪です」と言ったとき、編集部員たちが一様に微妙な顔をした意味が判った。様々なブランドの婚約指輪と結婚指輪が、合計八百個掲載されるのである。その指輪ひとつひとつに、自分たちの文章でキャプションを付けなければならないのだ。想像してみてほしい。一般的に婚約指輪や結婚指輪はプラチナ製で限りなくシンプルで無個性だ。そのシンプルな指輪のどこかにどうにかして個性を見つけてセールスポイントにする作業。八百個ぶん。気、ビカミング、ファーラウェイ。

悦子は新人なので、受け持ちは八十個と軽減してもらえた。そのぶん綿貫が多く書く。悦子の隣で綿貫は、撮影済みの指輪の写真データを見ながらロボットのように文字を打ち込んでゆく。何事もなかったような横顔を悦子が眺めていたら、こちらを見もせずに彼女は「見てる暇があるなら手と頭を動かしなさい」と言った。

すみません、と謝りかけたとき、ノックもなしに編集部の扉が開いた。思わず振り返った悦子は、今日も限りなくゴージャスな装いの榊原がスカートを翻《ひるがえ》しながらこちらへやってくるのを眺めることしかできなかった。なんというか、ものすごく派手な弾丸が窓から撃ち込まれたさまをスローモーションで観ているような感覚だった。

「ちょっと楠城さん、あなたのところの撮影が押したせいでうちの撮影時間が削られたんですけど、しかも律子ちゃんがもううちの撮影は受けないとか言い出してるんだけど、どうしてくれるの?」

デスクの上にファイルを叩きつけた榊原に、楠城は無言で立ち上がり、深々と頭を下げる。

「申し訳ありませんでした。先方にはうちから謝罪をしておきますので、どうかご容赦ください」

これは、元凶となった自分も一緒に謝罪をしたほうが良いのではなかろうか、と悦子が立ち上がりかけたとき、綿貫がとっさに悦子の腕を引っ張って椅子に座らせた。

「黙ってなさい」

「でも」

「責任取るのが編集長の仕事なの」

小声でやりとりしている横で、榊原はなおも楠城に難癖をつける。

「だいたい、なにこの企画。律子ちゃんとレオナルドの組み合わせってうちの来月号の新婚カップル企画と同じよね？　オリジナリティゼロじゃない」

「それもリサーチ不足で申し訳ありませんでした。それで、榊原編集長」

「なに」

「今日、娘の誕生日だから私、早く帰りたいの。こちらから謝罪はしました。これ以上なにか私の時間を奪ってまで言うことがあるなら文書でお願いできます？」

淡々とした楠城の発言に、またもやその場の空気が凍り付く。静まり返った部屋の中に榊原の舌打ちする音だけが響いた。

一週間、撮影期間がつづいた。夜に是永と電話で話したりはするものの、土日もなんだかんだで出社しなければならず、電話で話しているあいだに寝落ちすることが多かった。目に見えて肌が荒れてゆき、いつもの森尾の荒れたありさまが特例ではなく普通の状態であることが判った。

「……つらい」

翌週、夜八時に会社を出られた日、通用口で森尾と顔を合わせた悦子は、安堵のあまり彼女の腕を摑み、ぎゅっと抱きついてしまった。

「ノースはページ数多いもんね……」

森尾はただごとではないと思ったのか、絶対に同業者とは遭遇しなさそうな、虎ノ門エリアの居酒屋に悦子を連れて行った。ここは金融とITの企業が多いため、互いに不穏な話をしていても言語が違うから安心してなんでも話せる。

「仕事が多いのはいいの、経験積めるから。でもね、せっかくゆっくん、あ、是永さんとうまくいき始めた時期にこの勤務時間が重なることがつらいの」

「……ゆっくん」

「すみません忘れてください」

森尾の生ぬるい眼差しを分厚い面《つら》の皮で跳ね返し、悦子はお行儀が悪いと思いつつも身体を支えられず、テーブルに肘をついて刺身を口に運んだ。

「あとね、榊原編集長がわりと頻繁にうちの編集部に難癖つけに来るのがすっごいストレスなの。ほかの編集部員はもう慣れっこって感じなんだけど、たぶんこのままだと私ずっと同じストレス感じつづけて胃に穴が空《あ》くと思う」

「そのストレスで『Lassy』への愛が冷めた？」

「いや、冷めない。でもつらい、ていうか、悲しい」

大好きな雑誌の編集長と、今悦子が身を置いている編集部の長の仲が悪いことがつらい。

あのあと、一週間のうちにもう二度榊原は編集部に来た。一方的に楠城に文句を言い、楠城は一言二言言い返したあと諦めたように謝罪をし、榊原は帰ってゆく。スタジオとモデルが重なった件を森尾に話したら、彼女は怪訝そうに眉を顰《ひそ》めた。

「それは、ちょっとおかしいと思う」

「でしょ？　本誌とノースのモデルがかぶってることとなんてよくあるのに」

「いや、進行の順番的に。たぶん企画とおしてるのはノースのほうが先だと思うよ、サイクルが決まってるから」

「え？」

「ノースってときどき『C. C』に出てるモデルも使ってるんだけど、あたし、スケジュール確認したときに『ノースの撮影が入ってる』って断られたことが二回あるの。でも発売日はノースのほうがあとだったの」

　森尾の言わんとしていることが一瞬理解できなかったのだが、理解したあと悦子は背筋が寒くなった。

「それは……榊原編集長がノースのスケジュールとか企画とかを知ったうえでモデルとかロケ場所とかをぶつけて、わざわざ難癖つけてるってこと？」

「そういう可能性もあるかもよ、っていう話。謝罪する必要のない悦子がそんだけ疲弊してるってことは、正面から受け止めてる楠城編集長のストレスは相当なもんだと思うよ」

「マジかー、そんなこととして何が楽しいんだ……」

　ふたりのあいだに生じた根深い確執の果てしなさに悦子は眩暈《めまい》がした。

「あのさあ、悦子」

　漫然と天井を仰ぎ見ている悦子に、森尾が声をかける。

「なに」

「前から訊こうと思ってたんだけど、悦子、嫌いな人とかいる？」

「んー、文芸の貝塚は積極的に嫌いかなあ」

質問の意図が判らなかったが、悦子は即座に頭に思い浮かんだ人の名前を答える。

「あ、そうじゃなくて女で。綿貫さんとかどう？」

「綿貫さんは何考えてるか判んないけど、意外と面白いしいい人だと思うから嫌いじゃないよ」

「テッパンのことは？　仲良くなるまではどうだった？」

「どうでもよかった、好きとか嫌いとかそういう対象じゃない」

「学生時代はどうだった？　こいつにだけは負けたくないとか思ってた相手いる？」

「いや、いない。なんで？」

「あー、じゃあ質問を変える。悦子の通ってた学校って、いじめあった？　悦子は誰かにいじめられた？」

「たぶんないと思う、気づいてないだけかもしれないけど」

ジーザス、と帰国子女っぽいことを言って森尾は少し前の悦子と同じように天井を仰ぎ見る。

「なに、なんなの」

「入社以来あんたに対してずっと抱いていた違和感の正体が今やっと判った」

「なに？　私やっぱり他人に違和感抱かれるほど変なの？」

「あんたは、自分以外の女に興味がない」

「え、あるよ。そんなジコチューな人みたいに言わないで」

「ジコチューっていうのとも違うんだよなあ。うまく言えないけど、なんか、日本人には珍しいタイプだと思う」

何を言われているのかさっぱり判らなかった。先日も綿貫に「変わってるって言われない?」と訊かれたばかりだ。まさかもう二年以上の付き合いになる森尾にも同じようなことを思われていたとは。

翌日は森尾が早いらしく、十一時前に駅で別れた。最寄り駅へと帰る地下鉄の窓ガラスに、びっくりするくらい老け込んだ自分の顔が映っていて悦子は愕然《がくぜん》とした。そして足取り重く家に帰ったら、もう十二時近いというのに加奈子が家にいた。

「えっちゃん、何やってたのこんな遅くまで!」

いつもとは様子が違い、食卓の椅子に座っていた加奈子は悦子の顔を見るなり立ち上がり、詰問した。

「森尾と飲んできたんだけど」

「携帯の電源切れてるでしょ! しかも会社の電話番号、定時すぎるとつながらなくなるでしょ! えっちゃんのお父さんが倒れたって、お母さんからうちの不動産屋に電話があったんだよ！　早く連絡して！」

加奈子の言葉に慌てて鞄からスマホを取り出す。起動ボタンを押しても画面は暗いままだった。そしてこの家に固定電話はない。賃貸契約時に親に保証人になってもらったその書類を頼りに母親が、加奈子の勤める不動産屋、松岡《まつおか》リアルエステートに電話をかけてきたのだという。

疲労した身体に更に砂を詰め込まれたような重さが増した。

翌朝の始発で悦子は栃木へと向かった。充電しながら母にかけた電話では、父は仕事中に頭痛を訴えて倒れ、そのまま意識を失ったという。現段階でまだ意識は戻っておらず、ＩＣＵにいるそうだ。万が一の事態も覚悟しておけと言われたという。

来週から悦子はロンドンへ行く予定になっていた。綿貫には母との電話が終わった直後に連絡を入れていた。

――じゃあ、来週のロンドンは無理ね。

――申し訳ありません。

――気にしないで。気をしっかり持って、お大事にね。

悦子が病気になったわけではないので、この場合はお大事にという言葉は不適切な気がしたが、代替の単語が即座には思い浮かばなかった。

病院の時間外受付で手続きを済ませ、悦子は中に入った。母は既に来ていて、廊下を歩いてきた悦子の顔を見るなり「この親不孝もんのでれすけが」と詰《なじ》った。

「ごめん」

言い返す言葉が見つからず、悦子は咄嗟《とっさ》に謝る。

「お母さんがどんだけ不安でいじやけっちゃったか判ってっけ？　勝手に東京の大学さ行って、卒業しても帰ってこねえしなんかよく判んねえ仕事して、家にも滅多に帰ってこねえで肝心なときに連絡もつかねえってどういうことだい。こんなことなら栃木から出すんじゃながったわ」

「ごめん」

疲れた顔で娘を詰りつづける母に、悦子はただうなだれて謝罪を繰り返すことしかできなかった。そもそも言い返す気力がなかった。ロンドンへ行きたかった。しかし今のままロンドンへ行っても自分が現地で戦力になれるかも判らなかったし、漠然とした不安を抱えていたときに父が倒れた。出張へ行かなくて済む口実ができた、と一瞬でも思ってしまった自分の性根にぞっとした。

二十分くらい母からの一方的な叱責を受け止め、その間に面会可能時間になり、悦子はようやく父の病室に入れた。白衣と帽子を身に着けて中に入り、生命維持のための何かの装置を身体中に装着された父の姿を見て、悦子は泣きそうになった。普段は父の顔など思い出しもしないのに、目の前で生死の境を彷徨《さまよ》っているであろう人は紛れもなく悦子の父親で、自分が死ぬわけでもないのに脳内では父との数少ない「家族の記憶」が走馬灯のように廻《めぐ》った。

軽井沢で是永と一緒にいたときに思い出したことが蘇った。家族旅行の経験がないこと。父の「グアムでも行くか」という精一杯の家族サービスを冷めた気持ちで断ったこと。別に父を嫌っていたわけではない。そこにいて当然だと思っていただけだ。

面会時間は五分のみで、悦子は病室を出て白衣を脱ぐと、もう一度母に「ごめん」と謝った。長年溜まっていたことを吐き出してすっきりしたらしい彼女は、また搾りカスみたいな小言（髪の毛が茶色いとか、スカートの柄が派手だとか）を悦子にぶつけたあと、「こんな疲れた顔して」と言って悦子の頭を乱暴に撫《な》でた。

「なんかあったら病院から連絡があっから、いったん家帰って休むけ？」

「うん」

駐車場には母の乗る古い軽自動車が、という流れならばしみじみと感動的なのだが、母の車はぴかぴかのメルセデスCクラスだった。

「……車、買い換えたんだ？　前はクラウンだったよね？」

「節税対策だ、悦子の学費もかかんなくなったから、お金さ貯まっちゃって」

なんとも言えない気持ちで悦子はまだ新車のにおいのする車へと乗り込んだ。


実家の敷地はわりと広い。しかし地元では「ちょっと広い」程度で、このくらいの家はたくさんある。引き戸を開けて家に入り、二階の自分の部屋へと向かった。悦子が東京へ出たあと、いつ帰ってきてもその部屋は綺麗に整頓されている。当たり前だと思っていたけれど、子供が出て行ったあとの子供部屋は物置になるケースが多いらしい。やっぱり帰ってきてほしいのかな、と悦子は傷だらけの勉強机の小さな椅子に座り、窓の外の景色を眺める。空が広い。母はいったん店を見てくると言って悦子を降ろしたあとスクーターに乗り換え、また出て行った。

父は脳梗塞《のうこうそく》だったそうだ。顔面にマヒが出たあと、あっという間だったという。一度小説の校閲でその病気について調べたことはあったが、その後新たな治療法などが発見されていないか、悦子は充電器につなげたスマホで調べた。どこかの大学の医学部の誰かが書いたであろう論文まで当たったが、特に進展はなさそうだった。

壁際の本棚には『Lassy』のバックナンバーが並んでいる。何もすることがなくて、悦子はその中の何冊かを引っ張り出して一冊を床に広げた。リアルタイムで読んでいたころの号ではなく、それは古本屋で買った昔のものだった。背表紙に「100円」の値札がついていた。

憶えてる、モデルの着ている服も、表情も、キャプションの内容も。しかし今見返してみたら、ものの五秒で誤字を見つけた。スカーフの色味に関しての「淡く澄んだ」が「淡く済んだ」になっている。「彼氏」と「カレシ」、「おんな二人旅」と「女ふたり旅」が混在している箇所もある。当時読んだときは何も気にならなかったし、校閲の仕事をしていなければ今でも気づかなかっただろう。そもそも間違ってても混在してても、誰が気にするというのか。ページを捲っていった最後のほうに載っている読者プレゼントは、応募しつづけたが一度も当選しなかった。巻末の他誌の宣伝ページには、かつて榊原が編集長を務めていた『Vingt Neuf《ヴァンヌッフ》』の広告があった。

今はハイブランドで全身を固めた彼女が、こんな「何気なくセンスがよくてかわいい」雑誌を作っていたことに改めて驚く。なお、ヴァンヌッフはフランス語で「29」だが、これは女性の年齢を指す数字ではなく、この雑誌の場合はパリの凱旋門《がいせんもん》が完成した七月二十九日、およびパリの「Rue du 29 Juillet」のことを指すらしい。ターゲットマーケットは二十九歳よりも明らかに下だ。

しばらくして母が帰ってきた。

「お店大丈夫だった？」

階段を下り、玄関で母を迎える。

「だいじだいじ。配達の子たちも今日は店に入ってくれたから」

「配達？」

「最近は配達もしてんだよ。こっちでも独居老人の孤独死がいくつかあって、ちっと前から定期的に食材とか生活雑貨とか届けるサービス始めたんだわ」

十年間家族の介護をしたあとにまたそういう仕事。悦子はなんとなく泣きそうになったのだが、居間に入るなり母はまた悦子を詰った。

「すぐにお母さんが帰ってくんの判ってんだから、待ってる間にお茶でも淹れてくれたらえいのに。家に入ってから手は洗ったげ？　うがいはしたげ？　そんなに痩せて、毎日ちゃんとご飯食べてんかい？」

「してない……食べてない、けど標準体重だよ」

「体重と健康は違うんだわ、どうせ東京じゃ適当なご飯しか食べてねえんじゃあんめ？　用意すっから手を洗ってうがいしてらっしゃい」

「ご飯とか食べる気分じゃないよ」

「ご飯は気分で食べるものじゃないよ。あんた高校のときダイエットしてて体育で倒れたっぺ。あんときお母さん仕事中に呼び出されてすごい迷惑だったんだがら」

親という人種は子供がご飯を食べないと死ぬと思ってる。今はそういう状況じゃないと思うのだが。悦子がため息をつきつつ洗面所に向かうと背後から「ため息なんかつくとその分だけ幸せが逃げっぺ！」という母の怒声が飛んできた。

その日の深夜、病院から連絡があった。悦子も母も眠れずに起きていて、ふたり並んで居間のテレビを見ている最中だった。そうしていないと落ち着かなかっただけで、テレビの内容は何ひとつ頭に入っていない。吉報か悲報か、こわごわと受話器を取り耳に当てた母は、三秒後くらいに悲鳴みたいな声で「ありがとうございます」と言って膝からくずおれた。

母が泣いている顔を悦子は初めて見た。高校卒業まで一緒に暮らしていた限りでは、とくに仲良くもない夫婦だと思っていた。母は悦子に対してと同じように父に対しても小言や文句ばかりで、父も昔はそんな母に反論して大喧嘩になっていたが、歳を取ってからは無視していた。好きとか愛してるとか、男女的な片鱗を見たこともなかった。

受話器を本体に戻した母に悦子はそんな言葉をかけたが、母は「なーに他人事《ひとごと》みたいに言ってんの、自分の父親でしょうなぁ」と泣きながら怒った。

「……お母さんは、いっつも怒ってるか文句言ってるよね」

「人を鬼みてえに言わんで」

「それでもお父さんのことちゃんと好きだったんだね」

悦子の言葉に母は鬼の形相で抗議する。

「別に！　いま死なれたら迷惑なだけだっぺ！　せっかく宅配も軌道に乗ってきてんだし、したっけもっと働いてもらわなきゃしゃあんめ！」

そういうことにしておいてあげよう、と悦子は「そうでしたか」と頷いたのだが、それも彼女の癪《しゃく》に障ったらしく「人を小馬鹿にすっと罰があたっぺ！」と怒られた。

何かの記事で読んだが、親が子供にワーワーと言いすぎたり命令しすぎたりすると、子供が自分で考えて行動することがなくなったり、無気力になるケースがあるそうだ。

私、よくまともに育ったなあ、と悦子は母を抱えて彼女の寝室に移動しながら思った。

そしてふと「まとも」ではなかったと思い出した。森尾と綿貫の指摘。

「ねえお母さん、私って人と比べておかしいと思う？」

「なんでそんなこと訊く」

「会社の人たちに言われたの、私は他人に興味がないのがおかしいって」

「ほんだ人たちの言うことなんか無視すんだよ、何を気にしてんの」

「でも」

悦子が食い下がると、ベッドに腰かけた母は悦子の手を取って諭すように言った。

「あんたはね、昔っから人と同じものが欲しいって言ったことがながったの。みんな持ってるから自分も買って、って言ったことがねえ。それはお母さんたちが先回りして与えてったからかもしんねえけど、小学校のときに流行《はや》ってったゲーム機みたいなもん、お友達みんな持ってたのにあんた見向きもしねがったでしょ」

「……」

そんなこともあっただろうか、思い出せない。そもそも何かのゲーム機が流行っていた記憶がない。悦子が黙っていると、母はつづけた。

「あんたの場合は『人と比べて』ってこと自体できねえんだ。自分と他人を比べることができねえから、○○ちゃんより点数取りたーいとか○○ちゃんより可愛くなりたーいとか、そういう欲が昔からぜんぜんながったの。逆に言えばあんたは誰の悪口も言わねがった。それが個性なんだから、誇ればよかっぺ」

母の言葉は珍しく悦子の心の中にすとんと落ちるはずだった。しかし落ちる寸前に強烈な違和感をおぼえた。

翌朝、意識が戻って一般の病室に移された父と面会し、まだ呂律《ろれつ》のおぼつかない父と少し喋《しゃべ》った。きちんとリハビリをすれば元通りに戻るそうだ。

——仕事はどうだ。

なんとか聞き取れたその質問に、悦子は「ちゃんとやってるよ」と答えた。

——人に迷惑をかけんなよ。

——判ってるよ。

冬のボーナスが出たら、一緒にグアムに行こうね。

だからそれまでにちゃんとリハビリをして、治っててよ、お父さん。

何度も脳内でシミュレーションをしたが、それらの言葉は最後まで言い出せなかった。いつかそのことを後悔する日がくるかもしれない。家にはもう一泊し、翌日の昼、母の車に乗って駅まで送ってもらっている最中、既に後悔していた。

——お父さんに、いつか一緒にグアムに行こうって伝えておいて。

車を降り際に思い切って言った悦子に母はにべもなく答えた。

──やだよ、お父さんが元気になったときに自分で言いなさいそんなもん。

……そうだよな。いつも以上に長い道のりに感じた帰省から東京に戻ってきて、ひとり静かな家で寛《くつろ》ごうと冷蔵庫を開けたとき、ノックもなしに玄関扉が開いた。

「えっちゃんおかえり！　お父さん大丈夫だった⁉」

「加奈ちゃん、ちょうどよかった、ヴァンヌッフのバックナンバー、あるだけぜんぶ貸して！」

「え？　あ、うん。今？」

「うん、今。今日会社休ませてもらったから」

「じゃあ取りに来て、ひとりじゃ運べないよ、ていうかうちで見なよ、ていうかお父さん大丈夫だったの？」

あまり大丈夫ではないが一命は取り留めた旨を伝えると、加奈子は自分のことのように喜んだ。

なりゆきで悦子は、徒歩十分くらいの場所にある加奈子の実家に行くことになる。

お母さんは専業主婦でお父さんはサラリーマンの家庭らしく、娘が連れてきた「友達」をお母さんは笑顔で出迎え、二階へ上がってゆく娘たちを見送った。

「優しそうなお母さんだね」

「あんなの外面《そとづら》。いつもめっちゃうるさいんだから」

どこの家も一緒だな。つい数時間前まで一緒にいた自らの母の顔を思い出して悦子は少し笑う。雑然とした加奈子の部屋で悦子はヴァンヌッフのバックナンバーを広げた。何冊か読んだ覚えはあるのだが、ほとんど記憶になかった。

「今回は何調べてるの？」

「今回は、って？」

「前にえっちゃんと作家の先生のおうち行って奥さんの行き先調べたじゃん、あれ楽しかった」

「ああ、大変だったけど楽しかったね」

悦子はページを捲る手を止めて、そのときのことを思い出す。と同時に貝塚の顔も思い出してイラっとしたので再びページに目を落とした。

「前に話したでしょ、この雑誌の元編集長と、私が今いる雑誌の編集長がめちゃくちゃ仲悪いって話」

「うん」

「その原因のヒントが何かないかな、と思ってさ」

実家で『Lassy』のバックナンバーを眺めていたとき、ヴァンヌッフの広告ページを見て、毎号やけに似たような趣旨の企画が多いことに気づいた。

「原因調べてどうするの？」

「職場環境の改善をしたいの。このままじゃストレスで身が持たない」

「えっちゃん、ストレスとか感じるんだ！　意外！」

自分でもそう思う。今まではストレス要因があっても相手に言い返して打ち負かしてきた。主に貝塚や藤岩を相手に。何故ならあそこは自分がいるべき場所じゃなかったから。しかし今いる場所は悦子がずっと行きたいと望んできたところに限りなく近い。言い返して打ち負かして良い相手はひとりもいない。

ファッション誌というよりもカルチャー誌。お手本は、ジェーン・バーキン、シャルロット・ゲンズブール、カトリーヌ・ドヌーヴ、フランソワーズ・アルディ、ジーン・セバーグ、アンナ・カリーナ、ちょっと不良ぶりたい女の子のお手本はマリアンヌ・フェイスフル。これは「イギリス人は不良」という差別ではなかろうかと思ったが、細かいことは突っ込まないでおく。ジャック・ドゥミやフランソワ・トリュフォー、ジャン＝リュック・ゴダールの映画に関する考察、バーキンとセルジュのロマンス（「唇《くち》によだれ」とかいう曲を作ってた人とのロマンスが素敵だなんて悦子には思えないのだが）。話題は古いのに今でも古臭く感じない永遠のスタンダード。

ほかの自社ファッション誌に比べてページ数は少ないものの、芸術品のように作り込まれたファッションページを確認し、やっぱりな、と悦子は思った。ひたすら男が不在だ。それが当時は新しい雑誌としてウケたのかもしれないが、美しい女性モデルふたりが並んだページのキャッチに女友達を示す単語として「amie」ではなく「copine」が使用されており、更にその前に「ma」が付いている。この場合は「une」のほうが適している。

単純に間違えただけなのか、それとも意図的なのか、はたまたそういう雑誌だったのか。悦子は一号一号をじっくりと、しかし時間もないので手早く読み込んでいった。すべてのバックナンバーを確認したあとは、なんだか百年分のフランスを見てきた気分だった。榊原の構成力、やっぱりすごい。

週明け、出社して綿貫に詫《わ》びを入れたあと、悦子は楠城のデスクにも向かった。榊原とは対照的に、ブランド名の判らないシンプルな、しかし一目で上質な素材で作られていると判る服装にこざっぱりしたショートヘアの彼女は、悦子の顔を見ると「お父さんは大丈夫？」と優しく尋ねた。

「大丈夫です、ご迷惑をおかけして申し訳ありませんでした」

深々と頭を下げたあと、悦子は意を決して申し出た。

「編集長、今日、もしご都合が付けば、ランチご一緒させてもらえませんか？　お話ししたいことがあるんです」

「え？」

怪訝な、そして少し嫌悪の滲《にじ》む表情を一瞬だけ見せたが、楠城はすぐに笑顔になり答えた。

「ああ、うん、いいけど、何か食べたいものはある？」

「行ってみたいお店があるんです、編集長のブログでよくお見かけする」

こんなときに申し訳ないとは思った。楠城は同行しないが、編集部的には明日からロンドンでの撮影で、たぶん編集部員は全員目が回るほど忙しいはずだ。

土日の二日間、悦子はひとりで策を練った。『Lassy』にもノースにも編集長のブログがある。『Lassy』の編集長ブログではひたすら華やかなショーや展示会のレポが繰り広げられ、ノースの編集長ブログでは主に取材した花嫁や楠城の幸せな私生活などが綴《つづ》られている。内容は対照的なのだが、彼女たちがプライベートで行っているレストランはいくつかかぶっていた。女性誌の常連店ばかりだから不思議はないのだが、どれも「最近話題の店」ではなくかなり昔からある店だ。たぶん仲が良かったころ一緒に通った店だろうと思い、悦子はどこかに規則性がないかと、彼女たちがそのレストランを訪れた日付を書き出してみた。

結果、以前森尾の言ったことと、そして悦子の予想はおそらく事実だった。楠城がそのレストランに行ったとブログにアップした数日後、榊原も必ずそこを訪れていたのだ。撮影場所をぶつけたり同じモデルをブッキングするのは、単なる嫌がらせだと思っていた。しかしこれはストーキング行為に近い。そして、二日と少し母親と過ごしていて、相手に対する愛情を「相手を怒らせるような言動をする」ことでしか表現できない人がいる事実を身をもって体験した。

「どの店？」

悦子は会社から一番近い店の名前を答えた。


榊原が編集長をしていたころのヴァンヌッフは、気をつけて読むと異常なほど「女友達」という単語が頻出していた。une copine は「女友達」だが、ma copine はどちらかというと「彼女」である。ならば榊原は同性愛者なのか。悦子の予想では違う。ただ単に、榊原は自分だけの女友達がほしかったのではなかろうか。悦子には彼女の心のすべてが判るわけではないが、以前綿貫から聞いたバブルの時代の話が真実ならば、大学時代に榊原は女としての優劣を女と競い合っていた。そういう生活をしていたら女友達はできないように思う。

景凡社に入社して出会った楠城が、初めての女友達だった。否、もしかして大学時代から楠城のことを知っていたのかもしれない。そして楠城が景凡社を受けると知って自分もエアラインに落ちたあと、コネを探したのかもしれない。パリへの特派員へ応募したのも、楠城が過去に応募したことを知って自分も受けたのかもしれない、一緒に行きたくて。一回にひとりしか行けないことを知らずに。

楠城の逆鱗《げきりん》がどこにあるのかイマイチまだ摑めていなかったので、悦子は言葉を選びつつ、己の考察を口述した。楠城は途中からぽかんと口を開けて、ただその荒唐無稽な想像を聞いていた。

「……まさか」

悦子の話が一段落したあと、楠城は乾いた笑いと共に言った。デザートのジェラートは既にどろどろに溶けていた。

「私もこれは単なる仮説なんですけど、そう考えると辻褄《つじつま》が合うんです。何かトラブルがあっても別に編集長が毎回怒鳴り込んでくる必要ないですし、もっと上の、雑誌編集部の部長に調整をお願いすれば済む話ですよね？」

「確かに、私はそうしてるわね」

「楠城編集長に構ってもらいたいだけなんだと思います。たぶん、方法は何ひとつ正しくないのがめんどくさいんですけど。あと、榊原編集長とハワイに行かれたことありますか？」

「あの人がパリに行くまでは夏休みに毎年行ってたわ」

「編集長が榊原編集長になってからの『Lassy』が異常にハワイ特集多いのお気づきでしたか？ 二年に一度別冊が付いてて、しかも必ずテーマが『女友達と過ごすハワイ』なんです。楠城編集長との旅行が、すごく楽しかったんじゃないでしょうか」

「……」

母の小言を思い出す。娘の動向を観察していちいち難癖つけてくる彼女は、客や従業員とのコミュニケーションは上手なのに家族に対しては間違いだらけだ。しかしそれも嫌いだからではない。実際に父が一命を取り留めたと知ったとき、彼女は安堵に泣き崩れた。好きじゃなきゃ人は相手のために泣かない。

「で、そんな突拍子もない仮説を立てて、あなたは私にどうしてほしいの？」

楠城の問いに、悦子は明確な答えを用意していなかった。仲直りしてほしい。しかしこじれて二十年も経った今、もはや修復のしようがないのかもしれない。女の世界は、というよりもすべての人間関係は悦子が思っているよりもずっと複雑であるらしいことを最近学んだ。悦子が言葉を選んでいたら、楠城は子供を見るような顔をして笑い、言った。

「とりあえず、あなたの仮説を念頭に置いて対応してみるわ、しばらく」

「ほんとですか⁉」

「不本意だけどね。もう慣れたけどやっぱりああいうことされると腹が立つし」

そろそろ戻らないと間に合わない、と席を立ち伝票を取る楠城の左手にはシンプルな結婚指輪が輝く。ほかのすべてを手に入れた榊原が唯一、どうしても手に入れたくて、でも摑めなかったもの。

どっちが勝ちだと思う？　という綿貫の言葉が蘇る。女同士の勝ち負けとか、悦子にはよく判らない。同期ということで言えば悦子は森尾が好きだし、藤岩もなんだかんだで今は好きだし、同僚くくりで言えば女なのか男なのか微妙だが米岡も好きだ。人生的な面で勝ったとか負けたとか、今まで考えたこともなかった。母はそれを誇りなさいと言うが、ある点では致命的な欠陥なんじゃないかと悦子は思う。

編集部に戻って、ほかの人たちが明日のロンドンの支度をしている中、悦子は黙々と記事を書いた。

六ヶ月間、悦子はノースの編集部で働いた。その間に、本誌とノース合同のパリ特集が組まれた。これには悦子も同行できた。編集長の手足として働くだけのビジネストリップだが、それは長年焦がれつづけた夢のような時間だった。アメリカのスパイドラマの中でさえ、女はパリという単語に目を輝かせるものだ。

美しく装った榊原と楠城が女学生のように笑い合いながらアレクサンドル三世橋での撮影に立ち会っているのを、悦子は目を細めて眺めた。二十五年後、自分もあんな素敵な女性になれるんだろうか、と眩《まぶ》しく思いながら。

「河野っちー‼ おかえりー‼ 半年間すっごく寂しかったよー‼」

「……ただいまー……」

十二月一日、晴れ、外気温十度。段ボールを抱えた悦子がナメクジのお化けに取り憑《つ》かれた牛のような足取りで校閲部に向かうと、懐かしいテンションの米岡が抱き着いてきた。段ボールの角が腹の柔かいところに刺さって悦子は痛みに身悶《みもだ》える。

「何があったの？ ねえ河野さん、やっぱり校閲部が恋しくなっちゃったの？ そうでしょ？ 僕が恋しくて戻ってきたんでしょ？」

「セクハラとモラハラで訴えますよ部長」

音を立てて米岡の隣のデスクに段ボールを下ろし、悦子は深いため息をつく。しかし直後、背後から「そこは私の席です」と、聞き慣れた声が聞こえてきた。振り返った悦子の声は盛大に裏返る。

「……綿貫さん⁉　なんで⁉」

「個人的に異動願いを出したら通ったから」

しれっと答え、綿貫は抱えていた段ボールを悦子の目の前に下ろした。そして顔をあげて指をさす。

「あなたは、たぶんあっち。ですよね茸原《たけはら》部長？」

「うん、河野さんはそっち」

綿貫とエリンギの示した先は雑誌校閲班の、女性誌担当グループだった。たしかに机がひとつまっさらになっていた。

「河野さんがいないあいだに三人も定年退職しちゃったからさ、人員補充しなきゃいけなくて、アツいラブレターを書いてくれた綿貫さんにも来てもらったの」

「ええ、書かせていただきましたね」

なんで女性誌の生え抜きの申し子みたいな綿貫が、よりにもよってこんな地味な部署に異動願いを出したのだ。わけが判らずどこから何を尋ねればいいのか混乱していた悦子に、米岡がそっと耳打ちする。

「河野っちの扱い方が判らない、って綿貫さん何度も部長に相談しにきてたんだよ」

「……ええっ⁉」

まさかそれでロマンスが始まっちゃった系か？　ていうか綿貫って結婚してなかったっけ？　でも旦那の話は一度も聞いたことないし、たしかに指輪してなかったな。マジかー。綿貫を落とすなんてやっぱり意外とやりおるな、あのきのこおやじ。

「ラブレターは部長の冗談だからね？」

悦子の脳内を見透かしたか、綿貫は悦子の肩を軽く叩いた。

ほかの雑誌に行くくらいなら校閲部に戻りなさい、と楠城に言われたとき、それはほどショックではなかったことに自分でも驚いた。楠城と榊原が和解し、わずかだが本誌の予算がノースに流れたため、ライターが雇えるようになり、更に一年間休む予定のベテランライターがやたらガッツのある人で、半年で戻ってくることになった。よって、悦子は必要なくなった。悦子の出した企画はことごとく却下されたし、記事を書くのもいつまで経っても速くならなかった。我ながら、こんなに自分がファッション誌で使えない人材だとは思っていなかったため、戻れと言われたときは心に溜まっていた砂袋の底が抜けた気分だった。

――いつか本誌に行きたいのよね？

――はい。

――ニーナにはちゃんと河野さんのこと伝えておく。いつ欠員が出るか判らないし、いつまでニーナが編集長やるかも判らないけど、それまでにもっと勉強しておきなさい。読者に伝わりやすい記事を書いたり、レイアウトしたりするために、校閲部にいるからこそ磨ける技術はたくさんあると思うから。

――はい。

――あなた、本当に使えなかったけど、私はあなたのことが好きよ。

私は、人に対しての好き嫌いが判りません。これは欠陥でしょうか美点でしょうか。そんなことを尋ねても相手が困るだけだろうと判断し、「ありがとうございます」とだけ答えた。

結果、悦子は自席で、自分の書いた記事の校閲をする、という羞恥プレイみたいな作業をする羽目になる。文法は正しいし誤字脱字も一切ないが、ひたすら下手だ。

ふと目をあげると、少し離れた席では綿貫が自分よりもだいぶ年下の米岡に、あれこれと作業の仕方を訊いていた。長年女性誌で働きつづけてきた綿貫は、学生時代から趣味で俳句の会に入っていたそうだ。意外すぎて鼻からうどんが出るかと思った。

十七音という限られた、極限まで削《そ》ぎ落とされた言葉で世界を表現する俳句を、四十歳もいくつかすぎたしそろそろ老後に向けて極めたいと思っていたころに、悦子が異動してきた。扱いに困ってエリンギに相談をしていくうちに、校閲部ならばもっと広い「言葉」の海に漕ぎ出せるのではないかと思ったそうだ。

——国語学者って、正しい日本語を追求するあまり、作家になりたいと思っても小説が書けないらしいんですけど、俳句は大丈夫ですか？　校閲部で、しかも文芸担当は正しい日本語を追求する部署ですけど。

昼ご飯を食べながら打ち明けられた異動の理由に対し、米岡が不安げに問うた。

——詠めなくなりそうだったら女性誌に戻ります。いつでも戻れますから、私。

——……河野っち、そんな顔しないの。綿貫さんは二十年以上も女性誌で働いてたんだよ。そりゃいつでも戻れるよ。

たしかに米岡の言うとおりだ。悦子は半年ぶりの校閲部でなんの問題もなく校閲の作業ができている。半年間ノースにいたおかげで、どこを重点的に確認すればいいのかも学んでいた。ブランド名の取り違えが致命的であることや、掲載したドレスの価格がレンタル価格なのか販売価格なのかや、実際に結婚式を挙げた読者モデルのカッブルの年齢や職業や挙式の場所や、そのほかにも元データと突き合わせるとミスがボロボロ出てくる。どう考えてもあの部署は人が足りなかった。これから少しは楽になってくれるといい。

午後六時、エリンギの机に置いてある時計のアラームが鳴る。悦子はゲラを机の抽《ひき》斗《だし》に仕舞い、席を立った。ほかの社員たちも次々と席を立ち、お疲れ様です、と言って部屋を出てゆく。社屋ビルを出ると外はとっぷりと日が暮れていた。悦子はスマホを取り出し、寒風吹きすさぶ中、是永に電話をかける。

「もしもし、ゆっくん」

「えっちゃん、今日は早いね」

穏やかな声に悦子の身体はじんわりと温まる。

「うん、今日から校閲部に戻ったから」

「そっか。どこかでご飯食べる？　こっちもさっき撮影終わって青山だけど、来る？」

「ううん、今日は自分で作る、肉野菜炒めとか。だからゆっくん、食べにきて」

「えっちゃん、おでんと目玉焼き以外のご飯作れるの!?」

そういえばおでんと目玉焼き以外の料理を作ったことがなかった。

「作れるよ、たぶん」

楽しみにしてる、と言って是永は通話を切った。今日は加奈子の来襲がありませんように、と祈りつつ、悦子は少し前に母から届いた「寒さに負けないからだを作る献立」というサブジェクトのメールを探し、開く。

「御坊ゴボウ牛蒡をしがきささがきにする」「水煮つけにつけて悪開く灰汁をぬく抜く」

何度見てもこの二行だけでふき出す。正月休みにはまた実家に帰って、文字を消す方法と「ささ」の出し方を教えよう。画面を落とし、ポケットに仕舞い、悦子は地下鉄の階段を下りた。

第五話
When the World is Gone
～快走するむしず

悦子の研修メモ その17

【ナミ字／並字】 ふつうの大きさの字。ルビは捨て仮名（小さい仮名）を使わずに並字にするのが本来。たとえば「一寸」には「ちょっと」ではなく「ちよつと」と振る。でも最近はルビでも小さい仮名を使うこともある。その本の中で、統一や、一定のルールがあればよい。小さい仮名のことは、「捨て仮名」のほかに「小書き文字」ということも。「捨て仮名」というと送り仮名を指すこともある。日本語むずかしい。

フロアに比べて明らかに安っぽい照明のトイレで、悦子は鏡に映った自分の顔、主に口の周り、もっと言えば頬と唇の間、縦方向のアーチ型にくっきりと左右対称にファンデーションが溜まっているのを見て悲鳴をあげそうになった。こんなの初めて見た。試しに笑顔を作ってみる。ちょうど皮膚の折りたたまれる部分だ。この数時間、ずっと笑顔でいたからだろう。しかしそれならば普段自分はどれだけ笑っていないのだ。

鏡に顔を近づけて人差し指の腹で口の横を擦《こす》っていたら、鏡越しに扉が開いたのが見えた。

「悦子ちゃん」

元クラスメイトの呼びかけに悦子はまた即座に笑顔を作って答える。

「真奈美《まなみ》ちゃん」

悦子の出た聖妻女子大には一、二年次にクラス制度がある。真奈美と今日の主役である新婦の桃花《ももか》は当時の合コン仲間だったが、三年生になってクラスが離れたあとはそれほど頻繁に会っておらず、卒業後はほぼ疎遠だった。

「モモちゃんすっごく幸せそうだったね」

個室に入って用を足すかと思いきや、彼女はクラッチバッグから脂取り紙とコンパクトを取り出し、鏡に向かって化粧を直し始めた。スカートのふんわりとしたAラインのワンピースは上品な無地のスモークピンクだ。たぶんＴＯＣＣＡだろう。

「そうだね、素敵な結婚式だったね」

悦子は数ヶ月前まで自分が編集に関っていた雑誌を思い出す。儲け至上主義のブライダル関連業者もあったが、結婚式に関る人はえてしてみんな真剣に新郎新婦の幸せな将来を願っている。

「でも、旦那さんちょっとキモいよね。私だったら一緒に歩くのやだなあ」

「……そう？」

披露宴会場では「旦那さんかっこいいね！」って言ってなかったっけ？　今この二

次会にいる旦那さんは別人か？

「外資の証券ってお給料すっごくいいらしいけど、あんなにいい子だったモモちゃんがお金目当ての結婚とか地味にショック。ねえ、悦子ちゃんのワンピース可愛いね、どこの？」

話題が服に逸《そ》れたことに悦子は幾分か安堵し、白地にリアルなレモンが描かれたワンピースのスカートを軽くつまんだ。

「ありがとう、ドルガバ。思い切って清水の舞台から飛び降りたら全身骨折だよ」

「へぇー。出版社ってお給料いいんだね。でも一月にレモンってちょっと季節外れじゃない？　それに結婚式って本当は柄物NGなんだってよ」

彼女は鏡越しに悦子を見てにっこりと笑うと、コンパクトとリップグロスをバッグに収め、お手洗いを出て行った。まじか。知らなかった。でも地域差とかありそうだし、あとで調べよう。

そんな週末の話をしたら、「友達、いたんだ」と、森尾と今井に意外そうな声で言われた。

「……いますけど。でも集められたメンツが、なんていうか気持ち悪かった」

悦子は参列した男子たちに「景凡社で『Lassy』の編集をしている友達」と紹介された。してない。真奈美は「お父さんが三島銀行の役員」という紹介のされ方だった。三島銀行は既に外資に統合されているし、現在は彼女の父親も役員職ではない。ほかに呼ばれた友人も、名の通った会社や華やかな職業の子たちばかりだった。

「あるある」

森尾は笑いながら言う。

「編集じゃなくて校閲してます、って言っても判ってもらえないだろうし、イチから説明するのもダルかったから否定はしなかったんだけどね」

「好きな人に理解してもらえてれば充分じゃん。ゆっくんは判ってるんでしょ」

「うん。ですよねー」

ふたりの前にあるローテーブルには『Lassy noces』のバックナンバーが積んである。今、悦子と森尾は今井の家にいる。結婚披露パーティーの受付を頼まれたのである。頼まれたときはふたりともなんの屈託もなく「おめでとう」と言えた。これでどちらかに彼氏がいない時期だったら、そのどちらかに気を遣って無言になっていたと思う。

「インドでボリウッドダンサー百人呼ぶ披露宴は諦めたの？」

ふと思い出して悦子は、ホットワインを運んできた今井に尋ねる。窓の外には細かい雪が降っていた。

「だってふたりともインドまでは来てくれないでしょ？」

「行かないね、インドじゃなくてインドネシアのバリ島とかなら喜んで行くけど」

「あ、その手もあったか。バリ舞踊ダンサー呼べばいいのか」

「いや、国内にしよう、せめてイタリアにしよう」

「イタリアでもやるんです、彼のファミリーへのお披露目みたいな感じだから日本の友達は呼べないんだけど、ナントカ大聖堂とか、どこだっけ？」

今井の言葉を受けて森尾が悦子のほうを向き、諭すように言った。

「こういうとき、羨ましい、とか妬ましい、とか思うんだよ、大多数の女子は」

「そっかー。……どうだろう……？」

「なんの話です？」

「悦子に一般的な女子の感情を教えてるの。自分と人とを比べて優劣をつけることができないんだって」

一瞬考えるそぶりを見せたあと、今井は首を傾げた。

「それって、世間的には正しいことなんじゃないですか？　日本人って子供のときからそういう教育受けるんでしょ？」

「そんなラブアンドピースな腑抜《ふぬ》けメンタルの人に『Lassy』の編集者が務まると思う？」

別にラブでもピースでもなくて興味ないだけなんだけどなあ、と思いつつ、パラパラとノースのページをめくる。今井に似合いそうなドレスがたくさんあって、どれを着ても彼女はきっと綺麗だろうなあ、素敵だろうなあ、としか思わない。しかし森尾いわく、女同士は常に心の中で戦っているのだという。そう言われたとき、悦子は森尾と戦った覚えがないので尋ねた。

——森尾は内心では私や今井ちゃんと戦ってたの？

——あんたや今井ちゃんくらい我が道行ってるとどうでもいいんだけどね。でも「あの子より可愛くなりたい」って気持ちがファッション誌の根源だとあたしは思ってる。『C.C』だといかにみんなと同じ格好をするかがテーマみたいになってるけど、その「みんなと同じ」中でどれだけ可愛く見せるかにみんな命かけてんだよ。

悦子はただ単に「自分着せ替え」が好きなだけだ、とも言われた。当たってるような当たってないような、よく判らない。ほしいと思っていたが予約が間に合わなくて買えなかった服を纏《まと》った女を街中《まちなか》で見かけたら「殺して奪う！」くらいには思うかもしれないが、実際には殺さないだろう。歯ぎしりしながら涙目でその姿を追う程度に留めると思う。

「結婚したら仕事辞めるの？」

悦子は今井に尋ねた。先日結婚した元同級生の桃花は、結婚の半年前に仕事を辞めて花嫁修業に励んだのだと言っていた。具体的に花嫁修業って、今の時代だと何をするのだろうか、と不思議に思ったが訊かないでおいた。結婚相手が死ぬほど激務らしく、共働きだと成り立たないからだそうだ。

「そうしようと思ってたんですけど、意外と仕事楽しいし、あの会社も好きだから辞めるのやめました」

「面倒見いいもんねえ、うちの会社」

若い子ばかりと思われる受付嬢だが、景凡社にはひとり、元正社員で現在は派遣で勤める五十五歳の受付嬢がいる。下平《しもだいら》さんという。全社員の顔と名前と所属部署（そして所属する社内派閥）が頭に入っており、頻繁に訪れる来客の名前もほぼ暗記しているそうだ。既に孫がふたりいる。しかも意外とモテて結構な頻度で来客に口説かれている。あの人こそ人生の勝ち組だ、と今井がよく言っているが、彼女にとっては受付が天職だったのだろう。

悦子はずっと、自分の天職はファッション誌『Lassy』の編集者だと思っていた。その職に就くために景凡社に入った。あのときの決意は揺らいでいない。断じて揺らいでいない、はずなのに。

女性ファッション誌と週刊誌が主力商品だが、景凡社には男性向けファッション誌も年代別に存在する。男性向けファッション誌の総合売り上げトップは文英社で、大差を付けられつつも景凡社の売り上げは二位だ。

……また載ってる。

いつものように悦子は昼休み、ロビーの隅のソファでその日発売の二十代向け男性ファッション誌『Aaron』を広げたのだが、誌面に恋人の姿を見つけてなんとなく複雑な気持ちになった。

悦子がノースに異動し、貧血の吸血鬼みたいな顔色で働いていた時期、何故かじわじわと是永の露出が増えていた。小説家の是永是之としてではなく、モデルのYUKITOとしての露出だ。忙しいだろうから、と気遣って彼は仕事の子細な内容を彼女に話していなかった。そして悦子も忙しすぎて、男性誌のチェックにまで手が回っていなかった。

事務所が慎重に仕事を選んでいるのか、はたまた依頼の幅が狭いのか、YUKITOの載るページは結構センスの良い、モード寄りのものばかりだった。頑なにアフロヘアを貫く彼が「絶対モテる合コン服」とかいう特集に出ても「参考になりません」とアンケートで突っ込まれること請け合いだろうし、そのヘアスタイルを貫く限りは使いどころがモードっぽいページしかないのだろうが、なんの予備知識もない状態で美しい自分の恋人を誌面で見つけたときは、一番近くにいるはずの自分が彼から遥か遠くにいるような気になる。

ため息をついて顔をあげると、五十五歳の受付嬢である下平が昼休憩から戻って、今井と交代をしているところだった。化粧を直し、一分《いちぶ》の隙もない顔をしてカウンター内の椅子に腰かけた下平を悦子は、景凡社のオベリスクのようだと思う。そして彼女が戻ってきたということは、そろそろ昼休憩も終わりである。立ちあがって棚に雑誌を戻し、悦子はエレベーターホールへ向かった。

今日の仕事は『Every』だ。表向きには四十代向けの、と位置づけられているが、昔からの購買層が離れないため、読者には五十代や六十代の女性も多い。当然、誌面はゴージャスで載っているプロダクトのお値段もエクスペンシブである。文芸作文芸と違って雑誌は、執筆者の作家性が優先される企画でない限り、または文芸作品や映画の台詞《せりふ》などからの引用文でない限り、ひらがなや漢字の表記をその雑誌のルールによって統一する。慣れたライターならば判っていて該当ルールで文章を書いてくれるが、新人や他誌とのかけもちのライターだとまだよく判ってない。編集者が原稿整理のときに直せばいいのだが、漏れが多いのが現状だった。たとえばインタビューや対談で対象者の台詞などによく使用される（笑）という文末。これを（笑い）とする雑誌もある。いくつかの週刊誌はこちらを使うので、（笑い）を見ると「この人は週刊誌でも書いてるんだな」「わりと仕事詰まってたんだな」と思う。

そしてこれも対談や鼎談《ていだん》によくあるが、対象者の名前はゴシック体で発言は明朝体というパターンで、ゴシックでなければならないはずの名前部分のフォントがときどき明朝になっている。赤○で囲んで「ゴチに」と書き込む。だいたいいつも頭の中では「ゴチになります」と言いながら。校閲に戻ってからこっち、給料下がって食生活貧しいし、誰かゴチしてくれないかしら。

半ばには「百万あったら何しよう？」という企画があった。二十人くらいの人が各々、百万円の使い道を考えたり、実際に百万円でできることを紹介しているページで、添付資料がなかったため悦子は紹介されている商品や旅行、エステのコースなどをネットで調べ、ネットでの料金が不明瞭なものは企業の窓口に電話をし、ＦＡＸで資料を取り寄せた。取材時より燃油サーチャージがあがっていたため、今の時期だと百万円では叶わない旅行がいくつかあった。改装中で泊まれないホテルもあった。円安の影響で値あがりして、消費税込みだと百万を超えてしまうジュエリーも。「(燃油費別）追加？」「新館なら宿泊可能とのこと」「(税別）入れる？」など、余白に鉛筆で文字を書き込み、すべてに目を通して赤とエンピツを入れたあと、自分なら百万円あったら何をするだろう、と考えた。悦子がそう考えたんだから、読者も同じことを考えるだろう。そして夢を膨らませる、悦子と同じように。

女性ファッション雑誌って、本当に楽しい。文芸は「内容を楽しんで」しまうと校閲作業ができなくなるが、ファッション誌の場合、悦子は楽しみながら仕事ができる。文芸校閲をしていたときに「文字を見るだけ」という技術を身に着けていたため、記事を楽しく読みながら同時に「文字を見て確認する」という脳内のデュアルタスクがいつの間にか確立していた。また、発売前の号では、まだ公になってない今年の流行アイテムや流行する色や柄なんかも判るし、雑誌に紹介されるのが初めてのレストランにはまだ混む前に行ける。そんなおまけも手伝って、不本意ながら毎日会社に行くのが楽しくて仕方なかった。

ノース編集部にいた半年間も楽しかったけど、楽しいよりもつらかった。いい仕事をしなきゃ、認められなきゃ、という気持ちに自分が負けた。もしかして予定どおり一年所属できていたら何か変わっていたかもしれないが、今こうして校閲部の椅子に座り、発売前のファッション誌を黙々と校閲している時間は、悦子にとって至福のときだった。あまりに悦子が静かなものだから、ときどきエリンギが「大丈夫？ おなかでも痛い？」「ちゃんと呼吸してる？」などと訊いてくる。邪魔すんなやジジイ、と非常にイラっとするのだが、だいたいそんなときは排尿を忘れていて膀胱《ぼうこう》が大変なことになっているので、小走りでお花を摘みにゆく。

「お、久しぶりだなゆとり」

ハンカチで手を拭きながらトイレから出たところで、貝塚と顔を合わせた。

「そうだっけ？」

悦子はそのまま戻ろうとしたが、貝塚は悦子の前に立ち止まった。

「部内で島が離れたろ。ちゃんとやってるか？ いま何担当なの？」

「女性誌」

「そっか、良かったな。そういえば週刊で連載してた森林木一の、ていうか槙島祐の初校ゲラ、昨日出たぞ」

その名前を思い出すまでに三秒くらいかかった。思わず顔をあげて答える。

「えっ、読みたい、ちょうだい！」

ノースに異動したあとは忙しくて連載を追えていなかったし、戻ってきたあとはすっかり存在を忘れていたが、悦子が唯一楽しみにしていた小説作品だ。

「いいよ。今日の夜空いてる？　飯食おうぜ」

「なんでよ、いま取りに行くか、あとで届けてよ、なんであんたとご飯食べなきゃいけないの」

「接待用に開拓しときたい店があんだよ、ひとりで行くのもかっこつかないから、おまえ付き合え。俺のおごりで東京いい店たかい店だぞ」

「ゴチになります！」

間髪を容《い》れず答えた悦子に、ゲンキンだなー、と呆《あき》れた顔を見せたあと、貝塚は「じゃああとでな」と言って何故か若干スキップ気味に戻っていった。

是永は現在、オーディションのためヨーロッパに行っている。昨年九月に行われたS《スプリング》／S《サマー》のファッションウィークでは初めてニューヨークでランウェイに立った。なんでも話して、と言っておきながら悦子が忙しくて己のことで手いっぱいだった期間、彼はあまり自分の身辺について話をしなかった。一年かけて執筆した長編が全ボツになった話は聞いたが、それ以外は何を話したのか悦子自身もあまり憶えていなかった。言うなれば、若干すれ違っていた。

……だからってなんで貝塚とこんなデートみたいな店に来てんだよ、私。

シックモダンなインテリアで統一された店内は広すぎず、狭すぎず、席の間隔は離れていて照明は暗め。ほかの客の年齢層は比較的高め。大声で喋《しゃべ》っている客はおらず、ぜんぶ男女のふたり客だった。

「まずいか？」

魚料理の真鯛で手が止まっていた悦子に、貝塚はちょっと不安げな顔で尋ねた。

「あ、いや、美味《おい》しい。ぜんぶ美味しい」

「じゃあなんだ、腹でも痛いのか？」

「……なんで私がおとなしいとみんな同じことを訊くんですかね？」

悦子は残りの真鯛をぜんぶ口に入れ、少し咀嚼《そしやく》したあと白ワインと共に嚥下《えんげ》する。

「作家ってみんなこんないい店で接待してもらえんの？　前に本郷先生に会ったときも、あれすごい高い店だったよね？」

口の中のものをすべて飲み込んだあと悦子はナプキンで唇を拭い、尋ねた。

「いや、金にならない作家は普通にファミレス。最近は経費申請厳しくて自腹の場合もあるし」

「え、あんた自腹とか切るの？」

「切りまくりだぜー。マジそのへんのサムライより腹切ってるぜー」

ボケだとしたら突っ込んでやる義理もないので悦子は真顔のまま質問を重ねた。

「ねえ、どうして編集者になったの？　ほかに何かなりたいものとかなかったの？」

「え、なんで？」

「人のこと食事に誘っといて何も話題提供できないなら自分について喋るほかないでしょうが。私が景凡社に入ったのは『Lassy』の編集者になりたかったから、以上。あんたは？　なんで？」

若干傷ついた顔の貝塚は、しかし少し考えたあと「じいさんの影響」と答えた。

「誰よ、じいさんって。どこの居酒屋の店長よ」

「普通に俺のグランパだよ、父方の。燐朝で編集者やってたんだよ、昔」

「え、意外。じゃあなんで燐朝に入らなかったの？」

「落ちたの！　あそこ身内のコネとか使えないの！　訊くなよ！」

声を荒らげた貝塚に向かって悦子は自分の唇の前に人差し指を立てる。貝塚は周りを見回し、眉を顰《ひそ》めてこちらを見るほかの客にぺこぺこと頭を下げた。

「……おじいさんも文芸だったの？」

「いや、週刊。だからぜんぜん家にいなかったらしいよ。『週刊燐朝』、当時は創刊したばっかりだったし、軌道に乗せなきゃいけないし、日米安保や学生運動もあったしで、週に一度顔を合わせるか合わせないかだったってオヤジが言ってた」

「お父さんは？　やっぱり編集者だったの？」

「オヤジは普通のサラリーマン。じいさんのこと嫌ってたよ。だから就活んとき俺が出版受けるって言ったらすげえ怒られた、死にに行くようなもんだって。オヤジにとっちゃ出版っていえば週刊だったから」

「おじいさん、いつ亡くなったの？」

「まだ生きてるよ。でもばあちゃんの話の限りでは四回くらい血吐いて入院してるし、記事書いたどっかの政治団体から闇討ちに遭って片目潰されてるし、じいさんの同僚は似たような記事書いたあと行方不明になって一週間後東京湾に浮かんだ」

「……」

悦子が質問切れを起こしたと同時に肉料理が運ばれてきた。貝塚がテイスティングしたのち、大きいほうのグラスに赤ワインも注がれる。フザンのコキヤージュソース＝キジ肉に貝ベースのソースをかけたものだった。まさかの組み合わせで味の想像ができず、悦子は恐る恐る小さな一切れを口に運ぶ。

「……美味しい」

肉を飲み込んだあと赤ワインを口に含めば、まさにマリアージュだった。

「そうか。接待に使えそうか？」

「いやでもジビエってそろそろ終わりだよね。普通に牛肉食べないと判らない」

同じ国にある同じ出版業界なのに、異国の話を聞いた気分だった。どんな質問をつづければいいのか判らなくて悦子が黙々と肉を切り分けていたら、貝塚のほうが口を開いた。

「じいさんとは同居してたから、本だけは家にたくさんあったの。フィクションも、ノンフィクションも。それを借りて読んでいくうちに、なんとなくって感じかな。入社して一年目は俺も週刊にいたけど、まあ、大変だったね。早死にするよ、あれは」

貝塚も肉料理を口に運ぶ。「たしかにうまいな」と言って彼はそれをあっという間に腹に収め、がぶがぶとワインを飲んだ。

デザートはワゴンサービスだった。七種類のケーキに合計六種類のアイスクリームとソルベ。マカロンとチョコレートもある。華やかなワゴンの上を見た瞬間、ものすごい勢いで消化が早まるのを感じた。

「ぜんぶください、小さめのサイズで」

ギャルソンの説明が終わらぬうちに悦子は答えた。

「食えんのかよ」

「別腹ですから！」

「デザートは別腹」理論は学術的にも証明されている。オレキシンが分泌されて胃にスペースを作るのだと『Lassy』二〇一三年二月号に書いてあった。それなのに貝塚はデザートを断り、別料金のチーズを頼んでいた。貝塚のくせに大人ぶりやがって。もったいない。

ほかのテーブルに比べて明らかにこんもりと盛られたデザートの皿を前にして悦子は、たいして楽しくもない食事だったけど、料理も美味しかったし来て良かった、と思った。

「うまいか？」

タルトをほおばる悦子に貝塚が問う。

「おいひい」

口の中に食べ物が入っているときは喋ってはいけない、と言われて育ったのだが、思わず口の中にタルトが残ったまま満面の笑みと共に答えてしまった。

「そうか。また牛の季節に連れてきてやるよ」

「いや、別にいいよ、あんたにこんな高い飯何度もおごられる義理もないし、新規開拓は済んだでしょ？　ていうかなに牛の季節って。牛は年中無休だよ」

口の中のものをぜんぶ飲み込んでから悦子は答えた。

——あんたは文芸の編集が自分にとって天職だと思う？

食事の帰り、タクシーで駅まで送ってもらっている短い時間に、悦子は尋ねた。

——いつかそう確信できる本が作れたらいいなとは思ってる。それに近い本は何冊か作れたけど、今んとこ確信はできてないな。

貝塚は即答した。

天職。その言葉が今の悦子の心に重い。翌日の昼休み、昼ご飯を買いに行くため外に出ようとしたら、受付カウンターの中から今井が飛び出してきて乱暴に悦子の腕を摑んだ。

「やっ、なに⁉」

ぼんやりしていた悦子は心臓が跳ねあがるほど驚き、今井のただごとでない様子に思わず大声を出した。しかし今井は悦子の腕を離さない。

「森尾ねーさんが、会社辞めるって！」

「……は？　え⁉」

「さっき人事の同期が退職届受理したってこっそり教えてくれたの、ねえ、河野さんなんか聞いてないの？　私なんにも知らなかったよ！　しかも今日ねーさん会社に来てないよ！」

悦子は慌ててスマホを取り出し森尾に発信するが、おかけになった電話は電源が入っていないか電波の届かないところにいてつながらなかった。今井は森尾にとても懐いていた。どうしよう、どうしよう、とおろおろする今井の背を抱いていたら、うしろから「今井さん」と柔かだが刺々《とげとげ》しい下平の声が飛んでくる。

「私、お昼に行ってくるから、カウンターの中にいてちょうだいね」

「あっ、はい、すみません」

今井は悦子の腕を離し、なんか連絡あったらすぐ教えてくださいね、と早口で伝えたあと小走りでカウンターに戻っていった。しかし入れ違いにエレベーターホールから藤岩が出てきたのを見てカウンターから身を乗り出す。

「テッパンテッパン！　ねえちょっとテッパン！　テッパンは知ってたの⁉」

「黙れ今井！」

下平さん……猫的な何かが脱げてますよ……。当の藤岩は突然テッパンと連呼され、今井と悦子の顔を交互に眺めたあと「なんですか」と悦子に尋ねた。

「うん、とりあえずご飯一緒に食べよう」

「私、一時間後に八重洲のシャングリラでランチ打ち合わせなのでイヤです」

「大層な打ち合わせしてんなオイ」

悦子は不安げな顔をした今井を振り返り、大丈夫だよ、という気持ちで頷《うなず》いた。そして自分はぜんぜん大丈夫ではなかったのだが、ひとまずお茶だけでも、と藤岩の手を引いた。

むかつくことに藤岩は森尾が退職するかもしれない、らしきことを知っていた。

――去年の秋口くらいに、ばったり会ったんですよ、森尾さんがナントカいう雑誌のナントカさんって編集長だか副編集長だかと一緒にいるときに。私が挨拶したらすごい気まずそうな顔してて、あとから呼び出されたんです。あれはナントカの編集長だか副編集長だかのナントカさんだけど、あたしが一緒にいたこと誰にも言わないでって。

――そのナントカとナントカが一番重要なんだけど、まあいいや。で？

――いや、だから誰にも言ってなかったんですけど。そうかー、じゃあ、あれ転職先の人だったのかー。すごく綺麗な人でしたよ、うちの会社にはいない感じの。

なんでもないことのように藤岩は言い、悦子の心の中は怒りと悲しさと、自分でもよく判らない様々な感情がごちゃ混ぜになる。

――なんでそんな平然としてるの、森尾が退職届出して、受理されてんだよ？

――河野さんだって、もし今『Lassy』本誌に行けるってなったら、躊躇《ちゅうちょ》なく行くでしょ？　もし本当にあれが転職先の人だとして、森尾さんがあの人のところに行くとしても、会社間と部署間の違いだけだと思いますけど。

藤岩の言葉に悦子の心は音を立てて揺らぐ。なんで私、こんなにイライラしてるんだろう。退職のことを何も相談してくれなかったことに対してイラついているのか、はたまた悦子が憧れてやまないファッション誌の編集部にいるくせにそれをあっけなく捨てたことに対してなのか。

――少なくとも私は、もし今からでも燐朝か冬夏の文芸に行けることになったら、たぶん行きます。文芸編集者としての頂点ですから、あそこは。

藤岩が「アポに遅刻するのでもう行きます」と言ってカフェを出て行ったあと、悦子は一口しか食べていないサンドイッチと冷めたラテを前に、頭を抱えた。しかし数秒後、見覚えのある人物を目の端に捉え、慌ててその人を呼び止める。

「伊藤！」

呼び止められた森尾の恋人は、悦子を見るとむかつくほど能天気な顔をして「河野さん」と答え、ランチプレートを片手にさっきまで藤岩のいた椅子を引いた。

「ねえ、あんたは知ってたよね？」

「何をです？」

「森尾が会社辞めること」

「ああ、はい。でも『un jour《アンジュール》』に行くと決めたのは彼女です、僕は何も言ってませんよ」

伊藤の口から自然にその雑誌名が出た。

……そこか。まさかの、モード誌か。

藤岩の言ったナントカの片方を知ったことで、もう一方のナントカが絞られる。本当に『un jour』なら、編集長はデルランジェ春香《はるか》で副編集長は八剣恵那《やつるぎえな》だ。

『C.C』とは購買層も掲載商品もまったく異なる『un jour』の無機質な誌面と、ひんやりとした厚手のページの手触りと、文字数は少ないが少なくても事足りる、モード界隈独特の専門用語で綴《つづ》られたキャプションの内容と、どこかいつも冷めたような、大人っぽく美しい森尾の顔を思い出し、悦子の胸に渦巻いていた様々な感情は一塊になって落ちた。

彼女は今よりそちらに行ったほうがたぶん、自分を活かせる。

二日後、森尾と連絡がついた。退職届が受理された日は、既に辞めていたわけではなく『C.C』の「ゴールデンウィークはちょっと贅沢にハワイ!」というこれまたむかつくほど能天気な企画の取材でハワイに行っていたのだという。

「はい、おみやげ」

森尾の仕事終わりを待っていたら夜の十時を過ぎた。それを見越して悦子も今井も一度家に戻って恵比寿で再集合した。週末の込み合ったカフェ、日焼けスヌーピーのリップクリームをふたつ、森尾はむき出しのままテーブルの上に置く。悦子は「ありがとう」と受け取るが、今井は「それよりも!」といきなり詰《なじ》った。

「なんで言ってくれなかったんですか!」

「人の意見を聞きたくなかったから。自分だけで決めたかったから」

「転職考えてるんだ、くらいは教えてくれたって良かったでしょ」

「自分の人生のことは自分で決めたいの。違う会社に行くのって、人生においては結構な事件でしょ」

ガラガラと無慈悲にシャッターを下ろす、どこかの芸人のネタが目の前で行われる幻が見えた。

「一年くらいちゃんと考えて出した結論なの、だから怒らないで。違う会社に行ったって同じ東京なんだから今までどおり会えるじゃん」

「……私の結婚式の受付は？」

「やらせていただきますよ、喜んで。その日は休日出勤しませんからねってもう言ってあるから」

今井はちょっと涙ぐみ、数秒後に「ありがとう」と答えた。

『un jour』は森尾に向いているだろう。先日それで悦子は納得したはずだった。でも、吹っ切れたような顔で笑いながらハワイの話をする森尾を目の前にして悦子は再びモヤモヤしていた。なんだろうこの気持ち。以前森尾が言ってたみたいに、私いま彼女のことを羨ましいとか妬ましいとか思ってるのかな。しかしあまりにも経験がないため、その感情の種類がなんなのか判らない。

しばらくののち、テーブルの上に置いてあったスマホに着信があった。是永からだった。悦子は席を立ち、店の外に出る。もしもし、と問いかける息が白い。

「もしもしえっちゃん、今もう家?」

「ごめん、まだ外。帰国したの?」

「うん、さっき」

疲れたよー、と心の底から疲労していそうな声でぼやく是永に、悦子は「そんなときに電話してくれてありがとう」と伝えた。

「いや、そんな気を遣わせるつもりじゃなかったんだ、ごめん。今から会えない? 話したいことがあるから」

明日は土曜日なので、悦子は会社が休みだ。成田から悦子の家へ直行したいという是永に、もちろんどうぞ、と悦子は答え、電話を切った。そして店内に戻り、ふたりに帰ることを告げる。

「ゆっくん?」

「うん、さっき帰国したって」

「ラブラブだねー。お疲れ。気をつけてね」

今までと何も変わらない様子で森尾は笑い、手を振る。でも悦子の感じるモヤモヤは依然消えることなく、無理やり笑顔を作って「じゃあね」と手を振った。

　バレンタインデーの初デートから一年経っていた。最初の数ヶ月は付き合ってるのかそうじゃないのか判らない時期もあったが、現在悦子と是永はれっきとした恋人同士だ。だから、是永も最初に悦子に伝えたかったのだろう。

「ミラノで専属の仕事が入ったんだ」

　二階の部屋で向かい合い、ちょっと照れくさそうに、しかし嬉しそうに、是永は言った。悦子は少し考えたあと尋ねた。

「……それは、モデルの仕事だよね？」

　是永が頷いたあと口にしたブランド名は、悦子も知っている新興の、しかし今一番勢いがあるブランドのひとつと言っても過言ではないものだった。二〇一〇年にデビューし、一昨年のA／Wからメンズラインをスタートしたばかりだが、既に世界中のセレクトショップで取り扱われており、表参道には世界初の旗艦店がある。景凡社の『Aaron』の編集者が是永を気に入り、デザイナーに紹介したらあっという間に契約が進んだのだという。

「すごいじゃん！　おめでとう！　あそこの専属って東洋人初じゃないの⁉」

「うん、そう言われた。責任重大だよね。ミラノに拠点移さなきゃいけないし」

　なんでもないことみたいにさらりと是永は言った。悦子は彼が何を言ったのか理解したあと、復唱した。

「……ミラノに拠点移さなきゃいけないし、って？」

「引っ越さなきゃいけないんだ、それが条件なんだって。とりあえず契約は一年だけどアパートはエージェンシーが用意してくれるみたいだから、こっちは身ひとつで行けばいいらしいよ」

……私は？　どうなるの？　悦子は出かかった言葉を喉の奥で圧殺する。

「あと髪の毛もどうにかしろってブッカーに言われたから、明日にでも切ってこなきゃ。どうしようかな」

わりとショッキングなこの発言には、悦子も即座に言葉を返せた。

「ねえ、前から訊こうと思ってたんだけど、なんでずっとアフロなの？」

「これ地毛なの。たぶん何世代か前にアフリカ系の血が混じってるのが突然出たんだろうね。それに学生時代はドレッドとかコーンロウにしてたし、ずっとアフロなわけじゃないよ」

まさかの！　地毛がアフロ！

いやそんなこと今はどうでもいい。いろいろ訊きたいことがある。でもどれから訊けばいいのか頭の中で整理がつかない。なんだか校閲に戻ってきてから今までずっと頭に紗《しゃ》がかかったような感覚が付きまとっている。ひとまず一番訊きたかったことを悦子は尋ねた。

「ねえゆっくん、じゃあこれからはモデルに専念するの？　小説のお仕事はもうしないの？」

悦子の問いに、是永の表情はあからさまに曇る。彼はモデルより小説家として成功したいと思っていたはずだ。少なくとも出会ったときは。曇った表情は数秒後、自嘲気味に歪《ゆが》んだ。

「……それは、責めてるの？　作家として生きていけそうにもないからミラノに逃げるんだとでも思ってる？」

「そんなこと思ってないけど、……そうなの？」

一年かけて書いた長編がボツになった、としか聞いていない。それが小説家にとってどれだけ大きな精神的ダメージを与えるのか悦子には想像できないし、唯一顔見知りの作家・本郷大作はおそらく何を書いてもボツにはならないから質問しても無駄だったろう。

是永はしばらく黙っていたが、諦めたように笑い、口を開く。

「えっちゃん、一昨年えっちゃんが校閲してくれた『犬っぽいっすね』、初版何部だったと思う？」

「え？　判んないけど、三万くらい？」

悦子は唯一編集経験のある『Lassy noces』の発行部数を半分にした数字を答えた。結婚するカップルがこれだけいるのだから、是永の本を読む人もその半分はいるだろう、という根拠レスなざっくりとした判断だった。

「二千五百部だよ」

悦子の返答をバカにするような声で、吐き捨てるように是永は言った。

「……」

「税抜き千六百円で、二千五百部。もちろん増刷なんかされないし文庫化もされない。で、印税は十パーセント。これで収入いくらなのかは計算できるよね？　半年とか一年とかかけて書いて、それだけなんだよ。そんなのプロの小説家って呼べる？」

「……でも、固定読者はちゃんとついてるって、前に部長が」

「少しはね。でも、そんな少しの読者のために本を出しても赤字だから。もう書いてもどこにも引き取ってもらえないし、やっぱり才能ないんだよ、俺」

……俺、って初めて言った。今まで一人称は「自分」だったのに。

今まで綺羅を飾りつづけてきた彼の纏《まと》う自制の鎧《よろい》が、音を立てて砂化してゆく幻を見た。その鎧の存在に気づかなかった自分に茫然とした。

「ゆっくん、ねえ」

「そうだよ、逃げるんだよ、もう俺、無理だから、これ以上惨めな思いしたくないから、逃げ……」

わななく唇を手のひらで押さえ、是永は悦子から顔を背ける。

初めてこの人の素顔を見た気がした。今まで素顔だと思っていたものが素顔ではなかったことに悲しくもなった。この手のひらに触れていた肌も、くちづけた唇も、いつもあいだに阻むものがあったなんて。

震える肩に手を伸ばし、悦子は恐る恐る、細くて骨っぽい男の身体を腕に抱く。振り払われるかな、と思ったが、逆に是永は悦子の腕に縋《すが》りつき、堰《せき》を切ったように哭《こく》した。上腕に食い込む細い指がもたらす痛みによってか、込み上げてきた己の涙と嗚《お》咽《えつ》を悦子はぐっと嚥下する。

ブランドの専属契約モデルは、華やかに見えても相当過酷なはずだ。そのぶん収入も良い。成功すれば『犬っぽいっすね』の印税分は一日で稼げる。しかし収入が良いぶん、難関だ。その極めて狭き門を是永はいとも簡単に突破した。自分の夢見ていたこととは違う場所に、彼の居場所があったのだ。

「ゆっくん」

呼びかけても是永は泣きつづけ、悦子はしゃくりあげるたびに上下する背中を手のひらで撫《な》でる。白いシャツは発熱した子供のシーツのように汗で湿っていた。

「ゆっくんは逃げたんじゃないよ。ただ、違う場所で神様に選ばれただけだよ。だから胸張ってモデルのお仕事をすればいいんだよ」

「でも」

「きっとゆっくんはこれで有名なモデルになる。いろんな仕事の依頼が来て、収入も安定する。アフロやめるなら俳優のお仕事とかもできるかもしれないし、それでどうしても未練があったら、また小説書けばいいよ。そのときには人生経験が増えてて、もっといろんなこと書けるようになるかもよ。だから逃げたんじゃないよ。今は別の場所に行くだけ。ゆっくんのことを望んでる人のところに行くだけ」

どうか、心の奥まで届いてくれ、響いてくれ、とこれほど願った発言はなかった。この人が幸せになってくれればそれでいい。この人のゆく道が光に満ちていればそれでいい。私と離れることに未練はないの？　なんて、今は訊けない。

どの雑誌の校了もない、枯れ果てた森のように静かな校閲部、息を詰めてゲラを見つめていたら、エリンギが「息してる？」と訊いてきた。

「……忘れてた」

悦子は固まった首と肩をぐるぐる回し、横にエリンギが立っていることに気づいて小さく声をあげた。

「何してんですか、びっくりした」

「一分くらいここにいたんだけど、あまりに集中してるから声かけられなくて」

「なんか用ですか」

「うん、お昼休みなんだよね」

その言葉に驚いて部屋を見回すと、毎日手作り弁当持参の人たち以外は全員いなくなっていた。

「なんかあったの？　週末の二日でものすごいやつれた気がするけど」

「そう思うなら私に鰻《うなぎ》を食べさせてください」

「うわあ、声かけるんじゃなかった」

そう言いつつもエリンギは悦子を、近くの鰻屋へと連れて行ってくれた。この店は注文してから提供されるまでやたらと時間がかかるうえに、地獄の釜で炊いたのかと思うほどご飯が熱くて食べるのにも時間がかかるのだが、部長が一緒だから今日は戻りが十三時を過ぎても大丈夫だ。

食欲は、あった。というよりも今日会社に来て仕事をしているうちに、猛烈におなかが空《す》いてきた。土日の二日間、何も食べられなかったのに。

「ねえほんとにげっそりしてるけど、下痢？」

「デリカシーって言葉ご存じです？」

――一緒にミラノに来て。

金曜の夜、泣き止んだあと是永は言った。

――ファッション誌じゃないけど、駐在してる日本人向けのフリーペーパーを作ってる会社があるんだ。今は編集者の募集もしてる。そこでだったらえっちゃんも働けると思うから、一緒にミラノに来て。

愛する人に望まれるのは嬉しいことのはずだった。一年前の悦子だったら、即刻頷いていたかもしれない。

――ごめん、行けない。

悦子は答えた。一緒に来て。その言葉を聞けただけで充分だった。

おそらく彼の願意はただの甘えだ。不安だから誰かに一緒にいてほしい、その役目は恋人の悦子がふさわしい、と思っただけだろう。先月結婚した桃花は、激務の夫を支えるために結婚して、今は香港にいる。同い年の友達が二十五歳にしてそういう人生を選んだのだから、悦子だって彼女と同じ道を選んでも不自然ではないし、早すぎるということもなかった。異国で成功を摑み取るために働く恋人を支える生活。それはそれで、充実したものだろう。

でも。今の私は。

「そういえば河野さん、今期『Lassy』への異動願い出てないけど、いいの？」

「いいんです」

森尾は、自分がより才能を発揮できるところへと飛び立とうとしている。是永は、一度はプロデビューしていながらも作家として生きてゆく道を断たれ、異国の地で別の天職に導かれた。是永は悦子にとって『Lassy』のようなものだった。そして是永にとっての悦子はきっと「文芸」だったのだ。尊くて、憧れて止まぬもの。互いに自分の手の中にありながら果てしなく遠いもの。だから鎧わねばならなかった、相手に好いてもらえるように、と。

「私、校閲をつづけます」

女性誌の校閲を約三ヶ月担当してきて、判った。悦子は「読者」だった。ファッション雑誌とおしゃれが大好きな、筋金入りの「プロ読者」だった。悦子の返答にエリンギはこの上もなく驚いた顔を見せ、重ねて「いいの？」と尋ねる。

「いいんです。私の天職は『Lassy』の編集者じゃなかったんです」

答えた直後、金曜の夜から今この瞬間まで、ずっと堪《こら》えていた涙がどっと溢れた。

「河野さん⁉」

エリンギは慌てふためき、傍《かたわ》らにあったコップに肘《ひじ》を引っ掛けてテーブルの上に水をぶちまけた。服まで濡れたらしく、店員を呼ぼうとおろおろしている上司に向かって、悦子は泣きながら言葉をつづける。

「認めたくなくて、私、『Lassy』の編集者になるためだけに景凡社に入ったのに、なんで校閲部なんかってずっと思ってたのに、今は女性誌の校閲が楽しくて仕方なくて、しかも私、ファッション誌なら見落としもミスも絶対しないし、なんでこんなところで才能発揮しちゃってんだろうって、悔しくて」

「……」

「やりたい仕事と向いてる仕事が、違ったんです、それをやっと昨日、受け入れられたんです。でも本当は、受け入れたくなんかなかった。『Lassy』の編集者に向いてたかった」

長いあいだ、胸を焦《こ》がすほど憧れつづけた職業と自ら決別し、一年間付き合った最愛の恋人にも別れを告げた。彼にとって余計な足枷《あしかせ》になるくらいならば、己が消えたほうがマシだった。それにミラノではファッション誌の校閲作業はできない。イタリア語なんか判らない。

「……とりあえず、鰻食べよう？」

エリンギの声に、気づけば目の前には鰻丼が置かれていた。悦子はテーブルに置いてある紙ナプキンで五回ほど洟《はな》をかみ、割りばしを割る。手を合わせたあと粉塵《ふんじん》のようにもうもうと湯気を立てる鰻とご飯を口に運んだら、速攻で舌をやけどした。

二十五歳で人生の岐路に立ち、どの道を進むべきか悩む人は大勢いる、とエリンギは言った。そして人生の岐路というのは一度きりではない、とも言った。

——河野さんは定年まであと三十五年あるんだから、なにも今からそんな悲壮な覚悟をしなくてもいいんだよ。またファッション誌に行きたくなったら、そのときは異動願いを出していいんだよ。綿貫さんなんて四十三歳で校閲に来てるんだから。

涙と共に、ここ数ヶ月ずっと悦子の心に巣くっていたモヤモヤは浄化されたのだが、寝不足と精神的疲労が一気に襲ってきて、プールの授業のあとが物理だったときみたいに頭と身体が重く、午後は何度も机に頭をぶつけた。そろそろ見台《けんだい》かおでこのどっちかが割れる、というところ。

「ゆとりーいるかー」

その声に答えるのも振り向くのも億劫《おっくう》で、悦子は無視してうつらうつらしつづけた。締め切りは明日だし、一時間早く出社してやればいい。今はとにかく眠い。

「いるんじゃねえか、返事くらいしろよ」

貝塚は悦子の隣に瞬間移動してきていた。見台の上に乗っかった頭を僅《わず》かに移動させ、悦子は答える。

「……コーヒーを」

「は？」

「コーヒーを買ってくれたら返事します……」

「なんだおまえ、ひでえ顔だな、どうした」

やっぱりダメだ、この分量だと一時間の早出では間に合わない。今日のうちに進めておかないと自分の首を絞めることになる。

「貝塚くん、ちょっと河野さん使い物にならないから、しゃっきりさせてきてやってくれる？」

「それはこいつにコーヒーをおごれということですか」

「なんかイレギュラーな仕事頼みにきたんでしょ。ならコーヒーくらいご馳走してやんなさい。僕なんか鰻だったよ」

頭上で何かやりとりが行われている。その数秒後、がっくんがっくん肩を揺すられ、悦子は無理やり立たされた。そして気づいたらコーヒーショップの席に座ってブラックコーヒーを飲んでいた。目の前には貝塚がいた。

「え、私なにしてんの？」

「俺のおごりでコーヒーを飲んでらっしゃるんだよ。すごいな、夢遊病患者みたいだな。寝てる状態で校閲したのかよこれ」

テーブルの上には文芸書のゲラがあった。記憶を辿《たど》れば、なんかイレギュラーに頼まれたんだった。目を走らせるとそこには一九四〇年代のニュールックと呼ばれるファッションの細かい描写があった。悦子の文字でエンピツが入っている。これを私は無意識に書いたということか。天職にもほどがあるよちくしょう。

まだ温かいコーヒーは、胃の中に落ちたあと身体中の細胞をじわじわと覚醒させた。霧が晴れてゆくような感覚に、悦子はひとつ深呼吸する。

「ありがとう、ちょっと目が覚めた」

「いや、こっちも助かったからいいんだけど、なにその顔、どうしたの」

「……森尾が、転職しちゃうから悲しくて泣いたの」

なんだかこいつに真実を伝えるのは悔しくて、悦子は嘘をついた。森尾に叶わぬ片思いをしている貝塚はぶざまにうろたえるだろうし、それを見て笑おうと、一石二鳥だと思ったのに、貝塚は「そうか」と普通に頷くだけだった。

「知ってたの？」

「知ってるよ、先週セシルちゃんが騒いでただろ、ロビーで」

ああ、だから心の整理がついたのか。というよりも同じ部署に貝塚よりも明らかにスペックの高い森尾の彼氏が存在するのだから、諦めざるを得なくなってふっきれたのか。なーんだ、残念。

「……笑っとけよ、おまえは」

なんの脈絡もなく、貝塚はそっぽを向いて言った。

「はぁ？」

「笑った顔、可愛いんだから笑っとけよ、いつも」

「なに妄想上のイケメンみたいなこと言ってんの⁉　あんたが言ってもマジむしずが走るだけなんですけど！」

「よし、完全に起きたな！　仕事に戻れ！」

不機嫌そうに顔を赤くして、貝塚は悦子の腕を取って椅子から立たせ、背中を押す。言われなくても戻りますよ！　憤慨しつつも悦子は歩き、店を出る。貝塚はそのまま店内で、鉛筆を片手にゲラを広げていた。

……ちゃんと自分でもチェックするようになったんだ。

編集者として当然のことなのに、感心した。そして「むしず」がいったいなんなのか、メスカル的な虫入りの酢なのか、はたまた首から上に虫の頭が付いている妖怪的な何かなのか、自分で言っておきながら判らなかった。どっちも想像すると相当気持ち悪い。でも、貝塚の発言は実際にはそれほど気持ち悪くもなかった。走ったのはわりと心地のいいむしずだった。

冷たいビル風の吹きすさぶ外から、暖かな社屋に入る。受付カウンターの中では今井が、先ほどの悦子と同じように白目を剝《む》いて舟を漕いでいた。

――可愛いんだから笑っとけよ。

知ってるよバカ。余計なお世話だよバカ。

悦子はエレベーターホールに向かいながら顔にこびりついた涙の残骸を爪の先でこそげ落とし、両手で頰を叩き、きゅっと唇の両端を上げた。

おまけマンガ
さく・宮木あや子
まんが・茶谷怜花
こんばんは!
『受付ガール』のお時間です!
今井
アシスタントの家売るガールです!
加奈子
そうか、加奈ちゃん不動産屋か
そうなんだよー。
あたしも
GO!!
悦子
※代役
…って言いたかったよー
加奈ちゃんは言われるほうだと思うよ…

でも「ガール」の定義って
なんだろうね?
?
○○ガール
いつまでが「女子」かも
深刻な問題っぽいね
?
○○ガール
もう考えんの
めんどくさいから
全部
「ホモサピエンスのメス」で
よくない?
「気のもちよう」とかね
ガール】【女子
(名詞)ホモサピエンス
※一部のオスを含む
「一部のオスを含む」って注釈入れておけば
米菌さんも黙るでしょ
むっ
あの人が主人公になった場合は
校閲どっちになるんだろうね
BOY?
GIRL?
その謎の答えは!?
次巻、『受付ガール』!!
Dont miss it!!
もう出ません!

対談　石原さとみ×宮木あや子

「校閲ガール」シリーズを原作として、二〇一六年にTV放送された連続ドラマ『地味にスゴイ！　校閲ガール・河野悦子』（日本テレビ系）。
このドラマで主人公の悦子を演じた俳優の石原さとみさんと宮木あや子さんが、ドラマの撮影前に語り合いました。

（初出／雑誌『ダ・ヴィンチ』二〇一六年十一月号　取材・文／門倉紫麻）
※文中の時系列の記述は取材時のものです。

『校閲ガール』ドラマ化記念対談

石原さんが「言いたい」セリフとは？

――『校閲ガール』がドラマ化という話を聞いた時、どう思われましたか？
宮木　決定のお電話をもらった時、友だちと洋服屋さんにいたんですが、店員さんも巻き込んでみんなで「やったー！」と（笑）。
石原　私は小さいころからずっと観てきた水曜夜十時枠の職業もので主演できるということがまず嬉しくて。……実は、恥ずかしながら「校閲」という仕事を知らなかったんです。宮木さんの原作小説を読んで、なるほどと思ったり、驚いたりして、初めて知ることがたくさんありました。
宮木　この小説やドラマがきっかけで、たくさんの方に校閲の存在を知ってもらえるといいなと思います。私の原稿には校閲の方からの赤字がたくさん入っているので……いつもすみません、という気持ちです。
石原　（笑）
――悦子は、かなり歯に衣《きぬ》着せぬ物言いをする女の子ですね。
宮木　あまりに口が悪すぎても読者が不快になるかもしれないし、かといって、はっきり言わせなければ、スッキリしない。セリフのさじ加減は結構難しいですね。
石原　実際に声に出してみた時に、小説とは違う言い方にしなければいけないなと思う部分もあって。小説では年齢設定が二十代前半ですが、ドラマでは私に近い二十八歳。新人ではなくなって、ある程度常識も身についてきて、そのころとは言い方も変わっているのかなと。

宮木　でも……私、二十八歳の時もあんな感じだったかもしれません。

石原　(笑)。宮木さんと悦子は似ているんですね。

宮木　どの小説にも、ある程度は自分の成分みたいなものが入ってしまうんですが、悦子に関しては私成分が多めに入っているかなと。

石原　じゃあ宮木さんとお話ししていれば、悦子がわかりますね！

——石原さんは悦子に自分成分を感じるところはありますか？

石原　悦子のセリフを読んでいて「よくぞ言った！」ってスッキリすることがたくさんあります。私も言うときはストレートに言うほうなので、悦子の気持ちがわからなくはないんです。ただ、悦子は何か言われると二秒以内に言い返しますけど、私は十秒は溜めます(笑)。

宮木　溜めるんですね(笑)。

石原　私、合コンのシーンがものすごく好きで。校閲だからこそのあの長セリフは絶対に言いたい、とスタッフさんに伝えてあるんです。

宮木　嬉しい！

――合コンで、外車に乗ってることが自慢の男に「女の子は車とか判んないかー」と言われた悦子が校閲で得た知識で、その車や会社についてのあれこれを一気にまくしたてるシーンですね。（※シリーズ一作目『校閲ガール』収録）

石原　悦子というキャラクターがよくわかりますよね。男ウケを狙った服を着つつ、男性が絶対言ってほしくないことを言う。

宮木　（笑）

石原　なんか「悦子だなあ」って思いました。

宮木　石原さんに罵倒されたいファンの人がいっぱいいると思うので、悦子のセリフは喜んでもらえる気がします！

十年後も「かわいい」と言われるものにしたい

――石原さんは、演じる役の職業に就いている人の話し方や服装について詳しく調べるなど、徹底して役作りをされるそうですね。今回の悦子役ではどんな部分を重視されたのでしょうか？

石原　実際の校閲者の方にもお会いして、仕事のやりかたから仕事をするときの環境まで、いろいろな話をうかがいました。あと、今回は悦子自身、おしゃれが本当に大好きな子なので、ファッションも注目ポイントのひとつです。「旬」なんだけれど、十年後もかわいいと言われるようなものにしたいとスタイリストさんと相談して、アンティークなスタイルにしようということになりました。今日の衣装のように、靴下とスカーフ、大ぶりのイヤリングとか、取り入れやすいものを使っていこうと思っています。

宮木　アンティーク、いいですね。この秋冬もレトロな柄のワンピースが流行ったりしていますし。すごく楽しみです。

石原　悦子ってこういう女性なんだということを、ドラマを見て頂いた方にわかってもらえたら嬉しいですね。今までのドラマでは、同じものを身につけ続けて印象づけたりしていたんですが、悦子は服に対してお給料の大半を注ぐくらいの子なので、毎回いろんなファッションがでてきていいかなと思っています。

――内面的にはどんな子だと思いますか？

石原　基本的にポジティブですよね。この状況でこう捉えるか⁉と思ったりします(笑)。あと、食にうるさいところもおもしろくて。知識だけが豊富で、いいものが食べられそうだとわかった瞬間の食いつきがすごい。

宮木　（笑）

石原　「フレンチ、食べに行こうよ」って誘われて、ただ「行くー」って答えるのじゃなくて、「〇〇のお店の〇〇ソースの、あの料理が食べたい」って言う。

宮木　知識はあるけど、食べるお金はない。

石原　でも、人のお金だったら食べたい（笑）。

宮木　これも、私がわりとそういうタイプです。お金はないけど知識だけはある。高校生の時に女性誌で見て、どうしても行きたいと思っていたレストランがあったんです。でもディナーコースが三万円くらいで……。それが三年前に、やっと行けたんですよ。

石原　わあぁ！　素敵ですね。最終回で悦子にも叶えさせてあげたいです。

宮木　食べられてすごく幸せだったけど、「ああ、ひとつ夢が終わったな」とも思いました。

好きなこと「だけ」をすることはできない

――悦子は校閲という仕事に徐々に向き合っていきますが、お二人は女優と小説家という、ご自分のお仕事をどんなふうに捉えていらっしゃいますか？
石原　女優といっても、お芝居以外の仕事もいろいろあって。こうして取材をして頂いたり、CMや、イベントに出させて頂いたり……。一見、華やかに見えますが、陰も陽も、どちらもある仕事だと思うんです。楽しいこと、陽の部分もあるから、陰の部分があってもがんばれる。周りの友だちを見ていると、ずっと陰でも陽でもない中間で、どちらでもない状況だっていう人が結構いて、それも確かに大変なんだろうなって思います。
宮木　私は……結局働くことが嫌いなんだなって思うんですよ。
石原　えーっ！（笑）
宮木　会社員がいやで、がんばって小説を書いてデビューしたんですが、今は小説を書きながら「こんなにつらいのはいやだ！　明日にでも辞めたい！」とよく思う（笑）。好きなことを仕事にしても、仕事である限り、好きなこと「だけ」をすることはできないですよね。
石原　そう思います。
宮木　でも、そのうち楽しくなるかもしれないし、書き終わる日はくるんだ、と思いながら書いていく。そうすると、石原さんの言っていた、陽の部分もたまに出てきて。

神様がくれるごほうびみたいなものが、天から降ってくることがあるんですよね。好きなものを書かせてもらえる、とか。

石原　私は観た方から感想をもらえたりするとすごく嬉しくなります。撮影で悔しい思いをしたけれど作品を褒められることもあるし、逆に、これ以上はないってくらい必死でやっても報われないこともあるし。

宮木　ある……こんなにがんばって書いたのに増刷がかからない！とか。

――そういう時はどうやって気持ちを立て直すのですか？

宮木　立て直す暇もなく次の仕事、ですよね。

石原　そうです、そうです！

――小説は基本的に一人で書くものですが、ドラマは大勢で作るものですよね。そのあたりの違いをどう思われますか？

宮木　大勢でひとつの作品を作るのは大変だろうなあと思います。一人困った人がいると、うまく進まなくなったりしそうですし。

石原　大勢で作って、おもしろい作品ができるのって奇跡なんだなあと思うこともあります。小説はご自身で作られているから「自己責任」になるんですよね。

宮木　そうですね。おもしろくないのも、売れないのも自分の責任。私の本は書店の隅のほうに置いてあるのに、著名な方の本が平台にバーンと置かれているのを見ると、ちょっとムッとしたり。でも、結局それもネームバリューがない自分のせいなんです。

石原　私……五、六年前まで、その自己責任という考え方ができていなかったんです。周りはプロのスタッフさんばかりだから、うまくいかなかったら、どこかで誰かのせいにしてしまっていた。でも、「自分が」作るんだっていう気持ちで向き合わないと、後でつらくなるのは自分だと気づいて。

宮木　すばらしい……！

石原　思ったことはなるべく提案するようにしています。もちろん、最終的な判断はお任せしますけれど。多くの人が違う角度から見るものなので、多くの意見を取り入れたほうがいいと思っているんです。

小説家はデビュー時で精神年齢が止まる!?

――石原さんがご自分の仕事を自己責任だと思うようになったきっかけは何だったのですか？

石原　五、六年前、マネージャーさんから、ある作品をやるかどうか、私に相談してくれたことがあったんです。絶対にやりたかったので「やりたいです!」って言って、そのひとことで責任が生まれたんですよね。それからは自分に対してちゃんと向き合おうと思って、メイクやファッションを勉強して。メイクは自分ですることも多くなりました。

宮木　ええっ! 自分でメイクしてるんですか?

石原　はい。取材の時はメイクさんにお任せしますけれど、ドラマとか映画とか舞台は自分でする時もありますね。マネージャーさんが、私がなぜその作品をやるべきなのか質問したり、自分の思いを話したりしても、全部きちんと返してくれる。その言葉に説得力があるので、心から信頼しています。

宮木　すごくいい関係ですね。私は、ふだんほとんど人と交わらないので……。

石原　お仕事的にそうですよね。

宮木　マネージャーさんと違って、編集さんは基本的に私と衝突しないように接してくれるんです。だから成長する機会が減ってしまうんですよね。小説家って、デビューした年齢で成長が止まっている人も多い気がします。

――最後に宮木さんから、原作ファンの読者の方に、ひとことお願いできますか。

宮木　小説とドラマでは設定が多少違うところがあるので、もしかしたら、読者の方たちが違和感を覚えるかもしれない……とは思っていて。

石原　そうですよね。

宮木　でも、悦子や森尾って、もともと私の心の中と、文字の中と、読者の脳内にしかいなかったんです。それが石原さんや本田（翼）さんが演じてくれることによって、そこを飛び出して違う世界で生きてくれる。それが私はすごく嬉しい。だから、原作ファンの読者に何か言うとしたら……「君たちも、そう思え！」って（笑）。

石原　（笑）。最高です！

宮木　ぜひ、悦子として、いろんな冒険をしてください。

石原　はい、がんばります！　原作者の方にそう言っていただくと本当に励みになります。（周りにいたドラマのスタッフに）がんばりましょう!!

解説

小田玲奈（日本テレビ）

「校閲ガール」を読んだとき、「これは新しいお仕事ドラマとして、イケる」と思いました。そして同時に、「私が絶対ドラマ化したい」とも。

当時、自分は三十五歳。「ドラマを作りたい」と叫んで日本テレビに入社したにもかかわらず、十年以上情報番組やバラエティ番組を担当して、ようやく念願のドラマ部に異動、いよいよ自分の企画を通さねばと焦っていた時期だったと思います。

イケると思った理由の一つは「校閲」というちょっと聞きなれない仕事を面白いと思ったから。テレビ業界にも「校正さん」という方がいて、自分も情報系のバラエティ番組を担当していた時にナレーション原稿のチェックをして貰っていたんですが、……正直苦手でした。例えば「世界一大きい○○」というナレーションに「世界最大級の○○」と修正の赤が入って戻ってきたりして、その隣に「世界一の○○は他の国にもあるようです」とご丁寧にメモがついていたりするんです。こっちとしては「世界一ってドーンと言っちゃいたいのにさ、ちぇっ」って感じです。当時の私は、それを揚げ足をとられているように感じてしまっていて、こんな仕事をしている人って一体どんな気持ちで働いてるんだろうと興味も持っていたので、「校閲」がヒロインのお仕事ドラマというのは、引っ掛かりはあるな、とすぐに思いました。

でも、きっとそれだけの理由だったら「私が絶対ドラマ化したい」とまでは思わなかったでしょう。この「校閲ガール」を他の誰でもない自分の手でドラマ化したいと強く思ったのは、「河野悦子は私自身だ」と思ったからです。悦子がファッション雑誌を作りたくて景凡社に入社したのに校閲部に配属になり、それでも目の前にある仕事に全力で向き合う姿は、「ドラマを作りたいのに作れなかったあの頃の自分」とピタリと重なりました。「無駄な仕事なんて一つもない、どんな仕事もきっといつかファッション雑誌に異動したときに役に立つよ、だから頑張れ悦子！　負けるな悦子！」やりたいこととやれることの間でもがく悦子を応援しながら、熱くなったのを覚えています。そして思ったのです。……ひょっとして、みんな同じなんじゃないの？　本当にやりたい仕事をやれている人なんて一体どれだけいるんだろう？　大抵の働く人が悦子や自分と同じようにやりたい仕事とは違うところで、それでも「ちゃんと」働いているから、この社会は成り立っているのでは？　そう気づいたとき、このドラマは「夢を叶える」とか「みんなが憧れるような職業で大活躍」とは一味違うけど、でもすべての働く人の活力になるような新しいお仕事ドラマになると確信しました。

　宮木先生にはじめてお会いした時も、そんなドラマ化への想いを熱っぽく話したと思います。我が子のように大切な作品を他人に預けること、きっと不安だったと思いますが、「悦子や森尾を色んなところへ連れて行ってください。小説では見せられなかった景色を見せてあげてください」と笑顔で言ってくださり、とても安心しました。そして、お任せしていただけた分、絶対ヒットさせたいと強く思いました。

　そんなこんなで二〇一六年秋に放送した「地味にスゴイ！　校閲ガール・河野悦子」。悦子を演じた石原さとみさんのド派手なファッションで一見ポップな印象のドラマ、でも実は「地味な仕事バンザイ」をテーマにした堅実なお仕事ドラマである……と老若男女多くの視聴者に支持される作品になりました。私もこの作品でエランドールプロデューサー賞なんていうたいそう立派な賞までいただいちゃったりして！　ありがとうございます！　何より嬉しかったのは、好評につき二時間のスペシャルドラマまで制作できたこと！　そうそう、連ドラから一年後、二〇一七年の秋に放送された続編はこの『校閲ガール　トルネード』のラスト付近の悦子の台詞を読んだときから構想していたものなんです。

「私、『Lassy』の編集者になるためだけに景凡社に入ったのに、なんで校閲部なんかってずっと思ってたのに、今は女性誌の校閲が楽しくて仕方なくて（中略）やりたい仕事と向いてる仕事が、違ったんです」

……なんてビターな結末！　でも悦子らしくて素敵だなと思いました。連ドラの最終回で悦子は「いつか『Lassy』に異動してやる！」と吠えて終わりましたが、でもきっとずっとこの子は楽しく校閲をやっているんだろうなと予感させるラストシーンにしました。でも、もしも続編を作れるのなら、その時は悦子が胸を張って「校閲部の河野悦子です！」と言うラストシーンを作りたい、そう思っていたんです。だから、続編を作ったときにようやく本当の最終回を迎えられたとホッとしました。続編のテーマ「夢＝天職……じゃなくてもいい」という考え方もまた、お仕事ドラマとして新しいものだったと思います。悦子が校閲の道に進んだように、私自身も「バラエティに戻れ」と言われても大丈夫かもしれない、と思うようにさえなりました。……いや、せっかくなんでもう少しドラマを作りたいですけど（笑）。「校閲ガール」を通して、私は改めて働くことについて色々考えることができました。そういった意味でもとても大切な作品です。

本書は、二〇一六年十月に小社より刊行された
単行本に加筆・修正して文庫化したものです。

本文イラスト＝茶谷怜花
目次等デザイン＝鈴木久美

校閲《こうえつ》ガール　トルネード

宮木《みやぎ》あや子《こ》

平成30年 10月25日　初版発行
令和6年 11月25日　5版発行

発行者●山下直久

発行●株式会社KADOKAWA
〒102-8177　東京都千代田区富士見2-13-3
電話　0570-002-301（ナビダイヤル）

角川文庫 21230

印刷所●株式会社KADOKAWA
製本所●株式会社KADOKAWA

表紙画●和田三造

ISBN 978-4-04-107436-7　C0193